KB118310

최 소 한 의   최 선

최소한의 / 최선

문진영 소설

문학동네

차례

미노리와 테츠

내가 그 얘기 했나?

수민이 휴대폰을 들여다보며 말했다. 젓가락을 쥔 손으로는 칼국수 면발을 집으려고 애쓰면서, 다른 한 손으로는 휴대폰 액정을 빠르게 터치하고 있었다. 수민은 근래 한시도 휴대폰을 손에서 놓지 않았다. 막내 작가로 라디오 방송국에 취직한 이후부터일 것이다. 맡은 시사 방송은 시도 때도 없이 단체 채팅방에서 아이템 회의가 열렸고, 최신 뉴스도 섭렵해야 했고, 인터뷰이가 연락을 해오기도 했다. 눈 한번 마주치기가 힘들었지만 별로 개의치 않았다. 세월의 힘이랄까, 우리는 카페에서 만나 한마디 말도 없이 두세 시간 동안 앉아 있을 때도 있었다.

무슨?

미노리랑 테츠, 이혼한 거.

에이.

말 안 했나? 진짜임.

언제?

수민은 잠시 생각하더니 작년 초인가, 하고 말했다. 그렇구나, 하고 넘어갈 수도 있었는데 놀라버렸다. 미노리와 테츠가 헤어졌다니. 어쩐지 한 시절이 끝나버린 느낌이었다. 연애에는 젬병인 내가 누군가와 사랑에 빠지는 일은, 그래서 함께 살게 되는 일은 과연 어떤 걸까 처음으로 생각해본 건 그 둘을 만나고서였다. 나는 늘 가망 없는 사람에게 끌리곤 했는데, 상대를 만지고 싶다거나 애정을 돌려받고 싶다는 마음이 아니라, 대개 아무래도 좋다는 식으로 두루뭉술한 것이었다. 오히려 누군가와의 관계가 구체적인 것으로 변하려는 조짐이 보이면 나는 재빨리 도망치곤 했다. 자기애가 과해서 그렇다는 게 수민의 진단이었다. 그럴 리가.

그걸 왜 인제 말해?

까먹었지 뭐, 하고 수민이 대수롭지 않게 말했다. 이혼이 대단한 일은 아니지만, 미노리와 수민의 관계를 생각하면 저런 무심함은 의외였다. 여행지에서의 인연이 오랫동안 이어지기는 쉽지 않으니까. 도쿄에서 돌아온 수민은 미노리와 메일을 주고받기 시작했다. 심지어 본격적으로 일본어를 배우기 위해 토요일마다 회화 학원에 다니기까지 했다. 단지 미노리와 친구가 되기 위해서. 몇 년 뒤 수민이 일본 드라마를 자막 없이 본다는 사실을 알았을 때, 나는 잠시 자괴감에 빠졌다. 나는 참으로 아무것도 원하지 않았고 그래서 아무것도 성취하지 못했구나, 하는 깨달음이랄까.

그후로도 수민은 몇 차례 일본에 가서 미노리와 함께 시간을 보내고 돌아오곤 했다. 맥주잔을 들고 혓바닥을 내밀고 있는 미노리와, 그런 미노리와 뺨을 맞댄 채 윙크하고 있는 수민의 사진이 메신저로 날아왔을 때는 묘한 질투심을 느끼기도 했다.

밴드도 하는 모양이더라.

수민이 말했다.

밴드?

어, 밴드에서 베이스 친대. 인스타에서 봤어.

수민은 재빨리 휴대폰 화면을 두드리더니 자, 하고 내 눈앞에 미노리의 인스타그램 페이지를 내밀었다. 나는 피드를 천천히 내려보았다. 베이스 기타를 어깨에 메고 밴드 멤버들과 포즈를 취하고 있는 미노리. 콘택트렌즈를 꼈는지 예의 그 뿔테안경은 쓰고 있지 않았다. 바닷가에 놀러간 미노리. 형광 분홍색의 서프보드 앞에서 혓바닥을 내밀고 있다. 미노리는 혓

바닥 내미는 걸 좋아하는구나. 혀의 한가운데 동그란 은색 피어싱이 박혀 있었다. 멕시코 음식을 먹는 미노리. 커다랗게 벌린 미노리의 입안으로 타코가 들어가기 일보 직전. 아크릴화를 그리는 미노리. 홋카이도에 놀러간 미노리. 혓바닥을 내민 수많은 미노리들이 화면 안에 있었다.

식당은 이제 안 하는 것 같던데.

테츠 소식은 모르겠다고 수민은 말했다.

미노리는 무슨 일 해, 그럼?

나도 몰라, 연락이 끊겼거든.

그래?

응. 답장을 안 하더라.

어깨를 으쓱하는 대신 수민은 한쪽 눈썹을 들었다 내렸다. 수민의 버릇이었다.

사진도 안 올라오던데.

그러고 보니 미노리가 올린 마지막 사진의 날짜는 지난여름이었다.

그날 밤 자려고 누웠을 때, 수민에게서 메시지가 왔다. '테츠 트위터 찾음' '작가 되고 쓸데없이 검색력만 상승'. 울고 있는 토끼 이모티콘, 그리고 별다른 의미 없는 이모티콘 세 개가 연속으로 왔다. 나는 대꾸하지 않고 링크된 주소로 들어가보았다. 일본어로 되어 읽을 수 없는 피드가 죽 펼쳐졌다. 프로필 사진과 소개 문구는 비어 있었고, 팔로워는 마흔두 명이었다. 마지막 트윗은 지난주에 올라온 것이었다. 나는 번역기를 돌려보았다.

'자유롭게 반복하고 차분히 궤도를 읽는. 아주 천천히. 움직이는 것을 의미한다. 그것은 운동이다. 그 궤적도 의미가 없다. 그 궤적을 바라보는 시간은 의미에 가까운 것이 있다.'

다른 트윗도 하나 읽어보았다.

'농담이야말로 굉장히 진지하고, 침묵이 필요하다면 고요함과 약간의 음악이 좋고. 그래서 충분히 알고, 서로 이해할 것이고, 만날 수 없다니 이상하다고 생각한다.'

번역기 탓이겠지만 그런 알쏭달쏭한 문장들이 계속 이어졌다. 끝없는 피드의 중간중간엔 주로 고양이가 등장하는 움짤들이 있었다. 눈 속을 헤치고 걸어가는 러시아 고양이, 커다란 개에게 주먹을 날리는 아기 고양이 등등. 그런데 수민은 무슨 근거로 이게 테츠의 계정이라는 걸까? 그러다 사진 한 장을 발견했는데, 바로 싹이 돋은 아보카도 씨앗 사진이었다. 63일째, 라고 쓰여 있었다. 테츠가 맞는 것 같기도 했다.

문득 지금 내가 뭐하고 있는 건가 싶어졌다. 나는 무엇을 확인하려는 걸까, 생각하니 전부 우스워졌고 곧장 브라우저를 닫아버렸다. 나는 눈을 감고 생각했다. 그 많던 화분들은 다 어디로 갔을까.

그러니까 불과 며칠 뒤에, 미노리가 내게 인스타그램 메시지를 보냈을 때는 놀라지 않을 수 없었다. 동네 길고양이 사진과 어느 날 먹은 곱창전골 사진만 덩그러니 올라가 있는 계정이 내 것인 줄 어떻게 알았을까 싶었으나, 이름 세 글자의 이니셜과 생년을 붙여 만든 내 아이디를 보니 궁금해할 것도 없었다.

미노리는 간단한 영어로 서울에 왔다, 만나고 싶다, 그렇게 적었고 나는 고민에 빠졌다. 수민에게도 연락한 걸까. 왜 굳이 나에게 만나자고 하는 걸까. 미노리와 단둘이 만나는 것은 수민에 대한 배신 비슷한 것이 아닌가. 그런 고민을 한 건 초등학교 시절 이후로 처음이었다.

나는 장고 끝에 수민도 같이 보는 거냐고 물었다. No, 라고 마침표도 없는 단호한 메시지가 돌아왔다. Why, 하고 내가 물었다. 상대가 메시지를 적고 있는 동안에 나타나는 말줄임표가 깜빡거렸다가, 멈추었다가, 다시 깜빡거렸다. 그러기를 삼 분쯤, 결국엔 아무런 답도 오지 않았다. 그 깜빡임이 완전히 멈출 때까지 내가 지켜보고 있었다는 것을 미노리는 모를 것이다.

다음날 점심은 한 달에 한 번 있는 팀점이었다. 팀원들과 앉아 순댓국이 나오기를 기다리고 있을 때, 미노리에게서 다시 메시지가 왔다. 오늘 저녁 어떠냐고. 오늘 저녁에는 회사 전체 회식이 예정되어 있었다. 잠시 고민하는 사이, 구팀장이 말했다.

사회생활을 잘하려면 말이야, 눈치가 있어야 돼. 상사가 얘기를 시작할 거 같으면, 휴대폰 보다가도 싹 치우고 말이야. 경청, 경청이 얼마나 중요해?

나한테 하는 말이었다. 나는 구팀장한테 미움을 받고 있었다. 구팀장이 저녁 회식에 대해 떠드는 동안 나는 일부러 휴대폰을 들여다보았다. 그래, 오늘 저녁에 보자. 홧김에 미노리에게 답장을 보냈다. 회식 따위 안 가면 그만이지.

내가 일하는 회사는 IT 관련 잡지를 만드는 곳으로, 처음엔 이미 발행된 종이 잡지를 온라인 페이지로 옮기는 작업을 했다. 아르바이트를 시작한 지 한 달쯤 지났을 무렵 손이 빠르다며 편집장이 나를 마음에 들어했고, 약속된 삼 개월이 지난 후에 계약직으로 전환하게 되었다. 직원이 되자 나는 자연히 구팀장이 이끄는 디자인 팀에 속했다. 아르바이트생일 때는 팀점에 따라가지 않아도 됐지만 상황이 달라졌다. 그날도 구팀장이 사회생활을 잘하려면 말이야, 하고 입을 열었다. 아직 뭘 모를 때라 나도 귀를 기울였다.

사회생활을 잘하려면 말이야, 리액션이 좋아야 돼. 상사가 농담을 딱 하면, 여러분들이 생각하는 것보다 딱 0.5초 빠르게 웃음을 터뜨리라고. 너무 빨라도 안 되고 딱 0.5초. 알겠어?

그 말에 팀원들은 와, 하고 웃었는데 나는 웃기지 않아서 가만히 있었다. 그러자 잠시 후에 거기 신입이, 하고 구팀장이 나를 불렀다. 네? 하고 대답하자 신입이는 친구 별로 없지? 하고 구팀장이 말했다. 많은데요, 친구. 내가 대꾸했다.

아닌데, 친구 없게 생겼는데.

구팀장이 눈을 가늘게 뜨더니 말했다.

딱 그런 관상이거든.

아주 잠깐, 숨이 막힐 듯한 정적이 흘렀다. 마침 누군가 재빨리 어머, 팀장님 관상도 볼 줄 아세요, 하고 물었으므로 화제는 그쪽으로 넘어갔다. 고마운 사람.

그리고 그때부터 나는 구팀장에게 찍혔다. 찍혔다고는 해도 특별히 나를 괴롭히는 것은 아니었다. 주로 내 작업에 대해서 맘에 들지 않는다는 듯이 얼굴을 찌푸리거나, 다른 팀원들에게만 커피를 사다주거나, 엘리베이터 안에서 나를 보면 재빨리 닫힘 버튼을 누른다거나 하는 정도였다. 평생직장도 아닌데 그 정도야 아무렇지도 않았다.

구팀장 말대로 나는 어쩌면 그런 관상인지도 몰랐다. 사실 내 지인들, 혹은 친구라고 부를 수 있는 사람들은 대개 수민을 통해 알게 되어 수민과 함께 어울리다가 가까워진 사람들이었다. 수민이 없어도 내가 그들을 친구라고 부를 수 있을까. 수민은 나의 가장 가까운 친구이자 오래된 친구였다. 유치원 때부터 단짝으로, 초중고 동창이었으며, 같은 학원에 다녔고, 같은 아파트 단지에 살았다. 서울에 있는 대학에 나란히 입학하고 나서는 일 년 정도 함께 살기도 했다. 서로의 존재가 너무나 당연해서 한쪽의 부재를 상상해본 일조차 없었다.

우리는 세트처럼 붙어다녔다. 수민이 소금이라면 나는 후추랄까. 우리에게는 각자의 역할이 있었다. 수민이 발랄한 쪽이라면 나는 얌전한 쪽. 수민이 적극적인 쪽이라면 나는 소심한 쪽. 우리는 각자의 역할에 충실했고 서로의 자리를 넘보지 않았다. 어쩌면 그게 오랜 우정의 비결일 수도.

수민의 주변에는 늘 사람이 많았고, 그래서 곁에 있던 나도 덩달아 친구가 많은 것처럼 느끼곤 했다. 내가 수민을 좋아하는 것처럼 다른 사람들도 수민을 좋아했다. 수민에게는 그런 재주가 있었다. 별것 아닌 일도 대단한 일인 양 말하는 재주. 별 볼 일 없는 것을 굉장한 것처럼 느끼게 하는 재주. 수민에게는 맛없는 음식도, 재미없는 영화도 없었다. 수민과는 쇼핑을 함께 가면 안 된다. 뭐든지 잘 어울린다고 하니까. 그렇다고 마음에 없는 말을 하는 것도 아니었다. 그런 걸 타고나는 사람도 있는 것이다. 세계를 긍정적으로 감각하는 능력 같은 것. 수민 앞에 각양각색의 실패를 가져다놓으면, 마법 지팡이라도 흔드는 것처럼 그것들을 그럭저럭 견딜 만한 것으로 만들어주었다. 나는 그걸 수민 매직이라고 불렀다.

그해 수민은 아나운서 시험에서 삼 년째 낙방하고, 삼 년 정도 했으면 됐잖아, 하는 마음으로 다른 진로를 기웃거리고 있었다. 나는 이런저런 아르바이트를 전전하다, 모 휴게소에서 반년간 먹고 자며 호두과자를 팔고 난 직후여서 생애 가장 두둑한 잔고를 가지고 있었다.

이때가 아니면 언제, 하는 마음으로 수민과 룰루랄라 떠났다. 살다보니 시간이 있으면 돈이 없어서 못 떠나고, 돈이 있으면 에너지가 없어서 못 떠나는 거였다. 에너지가 있으면 시간이 없고. 그런 우주적인 순환. 돈, 시간, 에너지, 그때도 그것들이 많았던 건 아니지만 뭐랄까, 그 세 가지가 아주 적당하게 균형을 이루고 있었다.

도쿄 여행 셋째 날, 우리는 시모키타자와를 돌아다니고 있었다. 수민은 무엇이든 직접 해보고 사진으로 인증하기를 좋아했고, 나는 여행을 온 건지 만 건지 싶게 숙소 근처를 어슬렁거리는 걸 좋아했다. 그래서 시모키타자와는 수민에게도 내게도 괜찮았는데, 골목마다 아기자기하고 예쁜 가게들로 들어차 있어서 사진을 찍기에도 어슬렁거리기에도 좋았기 때문이다.

수민은 그날 방문할 장소에 어울릴 옷과 액세서리를 미리 준비해오는 종류의 인간이었다. 그날 수민은 꽃이 수놓인 리넨 튜닉과 짧은 반바지를 입었던 것으로 기억한다. 내가 뭘 입었는지는 기억이 나지 않지만. 나는 수민의 개인 사진사나 다름없었다. 달리 할일도 없었으므로 열심히 사진을 찍었다. 수민은 열댓 걸음마다 멈춰 서서 사진을 찍어달라고 했다. 동네 길고양이와 친구가 된 수민. 모자 가게에서 밀짚모자를 써보는 수민. 아이스 아메리카노를 마시는 수민.

그러다 이내 배가 고파졌다. 마침 근처에 얼핏 보면 꽃집이라고 생각해도 좋을 정도로 입구가 식물 화분으로 가득한 작은 태국 음식점이 있었다. 안으로 들어서자 마치 갈대처럼, 키가 너무 커서 어쩔 수 없다는 듯 자연스럽게 구부정한 남자가 카운터 뒤에 서서 어서 오라고 말했다. 잘생겼다, 수민이 팔꿈치로 나를 툭 치며 속삭였다. 응? 내 눈에는 그냥 보통이었는데, 이목구비가 뚜렷한 게 잘생긴 편이라고 쳐도 옆 사람을 팔꿈치로 찌를 정도까지는 아니었다.

아담한 내부에는 4인용 테이블이 세 개 있었고, 바 좌석이 대여섯 개 있었다. 손님은 아직 우리뿐이었다. 수민과 나는 부엌과 마주한 바 테이블에 나란히 앉았다. 남자가 메뉴판을 건네자 수민이 받아들며 산뜻하게 아리가토, 하고 말했다.

우리가 메뉴판을 들여다보고 있을 때, 갑자기 문이 쾅, 하고 열리더니 커다란 종이 상자를 든 여자가 씩씩하게 안으로 들어섰다. 데님 벙거지를 쓰고 검은색 뿔테안경을 낀 여자는 우리를 향해 스미마셴, 스미마셴, 하고는 바닥에 상자를 내려놓았다. 그게 뭐냐고 남자가 물은 모양이었다. 다마네기, 게이코 상, 잇파이 같은 단어들이 들렸다. 이웃의 게이코 상이 양파를 잔뜩 줬는데 고마워서 어떡하지, 그런 얘기 같았다. 아닐 수도 있었다. 여자는 오른쪽 어깨를 한번 휘휘 돌리더니 부엌 안으로 들어갔다. 그리고 앞치마의 끈을 여미며 남자와 몇 마디를 주고받았다. 여기서 일하는 사람인가보다 싶었지만 그때까지도 두 사람이 부부일 거라는 생각은 하지 못했다.

팟타이와 솜땀을 주문했다. 여자가 낭비 없는 동작으로, 망설임 없이 척척 음식을 만드는 것을 자리에서 볼 수 있었다. 그때 카운터 위에 세워진 엽서 사이즈의 그림이 눈에 들어왔다. 펜과 색연필로 그린 가게의 외양이었다. 예쁘다, 잘 그렸다, 그런 얘기를 수민과 내가 한국어로 주고받고 있는데, 이 사람이 그린 거야, 하고 남자가 여자를 가리키며 말했다. 나보다는 일본어 실력이 조금 나은 수민이 알아듣고 소데스카, 스고이, 하고는 엄지를 들어올렸다.

전적으로 수민의 붙임성 때문이었지만 그렇게 시작된 대화는 식사를 마칠 때까지 계속되었고, 그 둘이 부부라는 것, 이름은 미노리와 테츠—테츠야의 애칭—라는 것, 가게를 시작한지는 이 년 정도 되었으며 미노리의 나이는 우리보다 불과 세 살 위라는 걸 알게 되었다. 수민과 나는 당시 앞으로 어떻게 먹고살게 될 것인지에 대해 아무런 단서가 없었으므로, 이미 결혼한데다 가게까지 꾸리고 있는 미노리가 굉장한 어른처럼 느껴졌다.

식사를 마칠 때쯤, 저녁에 테츠의 친구가 근처에서 라이브 공연을 하는데 같이 가겠느냐고 미노리가 물었다. 수민은 내 의견은 묻지도 않고 손뼉을 치며 좋다고 대답했다. 내가 저녁 때는 장사를 안 하냐고 물었더니 미노리는 가게를 열고 싶을 때 열고, 닫고 싶을 때 닫는다고 말했다. 우와, 그것도 멋지다고 생각했다. 너는 어떤데? 하고 테츠가 내게 물었다. 나도 좋다고 대답했다. 테츠가 수민과 나를 세트로 생각하지 않는 것이 좋았다.

미노리와 테츠가 우리를 데려간 곳은 제법 넓은 일층과 다락방처럼 생긴 이층이 있는 술집이었다. 천장에는 미러볼이 돌아가고 있었고, 알전구가 벽을 따라 불을 밝히고 있었다. 몸이 다 파묻힐 것만 같은 커다란 빈백이 군데군데 놓여 있었다. 몇 년간 세탁하지 않은 듯한 방석과 쿠션들, 낮은 테이블과 고

물 피아노가 하나 있었고 담배 연기가 자욱했다. 무대라고 할 만한 공간은 없었지만, 한구석에 스탠드 마이크와 앰프가 놓여 있는 것으로 보아 그 자리에서 공연을 할 모양이었다.

우리는 위태롭게 생긴 나무 계단을 따라 이층으로 올라갔다. 계단이라기보다는 사다리에 가까웠다. 이층에 들어서자 테츠는 소인국 건물로 들어가는 거인처럼 허리를 거의 완전히 굽혀야 했다. 아, 비루, 하고 미노리가 말하고는 아래층을 향해 일본어로 맥주 네 잔, 하고 소리쳤다. 알았다는 대답이 메아리처럼 돌아왔다. 얼마 지나지 않아 긴 머리를 하나로 묶은 남자가 맥주잔이 담긴 쟁반을 들고 계단을 절반쯤 올라왔다. 미노리가 몸을 굽혀 쟁반을 받았다. 잔을 하나씩 나눠 가진 우리는 새삼스럽게 하지메마시테, 하며 어색하게 건배를 했다. 무슨 얘기를 할까, 말을 고르는 사이 아래층으로부터 기타를 조율하는 소리가 울려퍼졌다.

수민과 나는 난간에 몸을 기대고 아래를 내려다보았다. 사람들은 아무 곳에나 엉덩이를 대고 앉아 있거나 서 있었고 담배를 피우고 있기도 했다. 처음 경험해보는 분위기였다. 나는 대학 시절부터 아르바이트를 쉰 적이 없고, 쉬는 날에도 밖에서 노는 것보다는 집에 있는 것을 더 좋아하는 편이었기 때문이다. 모든 게 새롭고 근사하게 느껴졌다.

공연은 무척 짧았다. 가수가 기타를 연주하며 본인의 자작

곡을 세 곡 정도 부른 뒤, CD는 카운터에서 살 수 있다고 말하자 여기저기서 웃음소리가 들렸다. 거기 모인 사람들 전부가 지인이거나 지인의 지인들인 것 같았다. 일종의 품앗이 같은 것.

가게 내부는 적당히 소란스러워지기 시작했다. 맥주를 두 잔째 마실 때쯤에는 우리 테이블도 어느 정도 대화가 무르익었는데 우리는 단순한 영어에다 약간의 일본어, 약간의 한국어, 그리고 다량의 보디랭귀지를 섞어 이야기를 나눴다. 주로 미노리와 수민이 주도했다. 테츠는 대체로 조용히 듣고 있다가, 미노리가 어떤 단어를 떠올리지 못하거나 기억을 더듬고 있을 때 마치 원하는 곳에 정확히 패스를 찔러넣는 축구선수처럼 필요한 말을 던져주곤 했다. 합이 좋구나, 생각했다. 그래서 무슨 얘기를 했더라.

미노리가 유명한 예술대학에서 서양화를 전공하다가 자퇴했다는 이야기. 그러고서 태국으로 여행을 갔다가 요리 수업을 듣고 결국엔 가게까지 차리게 되었다는 이야기. 둘 다 도쿄 태생으로, 중고등학교 시절부터 이 동네를 제집 삼아 드나들었는데 수년이 지나고 나서야 서로 만났다고 한다. 바로 이 술집에서. 공대를 졸업한 테츠의 꿈은 사실 작가가 되는 것. 소설도 시도 아닌 것을 쓰고 싶다고 했다. 테츠는 녹색 엄지야, 하고 미노리가 말했다. green thumb, 식물을 잘 키우는 사람. 가게 앞의 화분은 전부 테츠가 가꾼다고 했다. 수민과 나는 그들에 비해 이야기할 것이 별로 없었다. 하지만 흥미진진한 일들은 오늘을 포함해, 앞으로 무수히 대기하고 있을 거라고 낙관적으로 전망했던 것 같다.

맥주를 세 잔 정도 마시자 테츠도 말이 많아지기 시작했다. 어느 순간부터인가 미노리는 조용해지고, 테츠와 수민만 이야기하고 있었다. 나도 한번 대화의 흐름을 놓치고는 멍하니 있다가 미노리와 몇 마디 나누었을 뿐이었다. 무슨 이야기를 하는지, 대화에 열중해 있는 테츠와 수민은 즐거워 보였다. 테츠의 눈동자가 반짝거리고 있었다. 수민과 이야기를 나누는 상대의 얼굴은 늘 저렇게 환해지곤 했다.

그때 갑자기 아보카도, 하고 테츠가 말하는 게 들렸다. 응? 내가 궁금해하자 수민이 통역해주었다. 자기 생각에는 모든 게 다 아보카도라는데? 그 말에 나는 왁, 하고 웃었는데 농담이 아니었는지 테츠는 웃지 않았다. 아보카도 씨앗에서 싹이 돋을 때까지 시간이 얼마나 걸리는지 아느냐고 그는 물었다. 기다리고 기다리다가, 기다렸다는 사실도 잊어버리면 바로 그때 뿅. 테츠가 말했다. 뿅, 이라고 말할 때 자신의 두 손을 새싹 모양으로 만들더니 위로 들어올렸다.

어떻게 생각해? 테츠가 물었다. 수민은 자기도 그렇게 생각한다고 말했다. 어떻게 생각해? 테츠가 나에게도 물었다. 하지만 나는 그가 무슨 말을 하려는 건지 알 수 없었다. 자신의 꿈에 관한 이야기였을까, 매일 재능을 갈고닦다보면 멋진 작품이 뿅 하고 나온다든지. 미노리는 웃으며 테츠는 술에 취하면 꼭 아보카도 얘기를 한다고 말했다. 테츠가 정색한 채 뭐라고 대꾸했다. 나 취하지 않았어, 하고 말한 것 같았다. 미노리가 어깨를 으쓱했다. 조금 피곤했다.

시계를 보니 새벽 두시가 다 되어가고 있었다. 일층에 남아 있는 사람들은 이제 예닐곱 정도였는데, 다 같이 모여 앉아 테츠 친구의 기타 반주에 맞추어 돌아가며 노래를 부르고 있었다. 아래층 사람들이 미노리와 테츠를 불렀다. 이리로 내려오라고. 우리가 아래로 내려가자, 기타를 잡고 있던 사람이 이제 수민과 나의 차례라고 했다. 호기심과 장난기어린 눈동자들이 일제히 우리를 쳐다보았다. 나는 그 순간이 지나가기만을 바라며 가만히 있었다.

역시나 수민은 아주 잠깐 고민하더니, 비틀스의 〈Let It Be〉를 부르겠다고 했다. 비틀스라니, 좋은 선곡이었다. 수민은 큼큼, 하고 목을 가다듬고는 기타 반주에 맞추어 나지막하게 노래를 부르기 시작했다. 유려하지는 않지만 제법 맑은 목소리로, 약간은 수줍은 듯이. 그리고 바로 이 순간에 자신이 속해 있다는 것이 정말로 기쁜 듯이.

젊음이라는 것에 얼굴이 있다면 바로 지금 저애 같은 모습이 아닐까 생각했다. 사람들은 하나같이 흐뭇하고 다정한 얼굴로 수민을 보고 있었다. 그러다 후렴구가 시작되자, 모두가 let it be, let it be 하며 목청껏 큰 소리로 따라 불렀다. 누군가는 옆 사람과 손을 잡고 양옆으로 흔들기도 했다.

그때 갑자기 오래전 일이 떠올랐다. 중학교 2학년 때, 수민과 나는 같은 반이 되었다. 늘 붙어다녀도 그런 적은 처음이었다. 새 학기가 시작된 후 한 달쯤 지나 반장 선거가 다가왔고, 선생님은 후보를 추천해보라고 했다. 수민 외에는 후보가 없었기 때문이었다. 그때 수민이 손을 번쩍 들고 말했다. 정희주를 추천합니다. 바로 나였다. 당황해서 수민을 돌아보니 수민은 나 잘했지, 하는 표정을 지었다. 칠판에는 수민과 내 이름이 나란히 적혔고, 그렇게 투표가 시작되었다. 빈 종이를 받아든 나는 한참을 망설이다가, 결국 내 이름을 적었다. 표가 하나도 안 나오는 상황은 피하고 싶었으므로. 개표 결과, 내가 얻은 것은 두 표였다. 한 표는 수민의 것이 분명했다.

시간이 흐른 뒤 나는 종종 웃긴 이야기라며 사람들에게 이야기를 들려주기도 했다. 말하다보면 제법 웃기기도 했다. 하지만 당시에 내가 느꼈던 것은 분명 모멸감이었다. 그리고 사람들에게 말하지 않는 뒷이야기. 집으로 돌아가는 길에 나는 수민에게 물었다. 왜 그런 거냐고, 왜 나를 추천했냐고. 수민은 어리둥절한 표정으로 후보가 없길래 그랬지, 하고 아무렇지도 않게 말했다. 그때 알았다. 아, 이애는 빈 종이에 자기 이름을 적을 때의 기분 같은 건 평생 모르겠구나. 아보카도 씨앗처럼 웅크리고 있던 뭔가가 그 순간 뿅, 하고 돋아났다. 결코 예상하지 못했던 순간에. 테츠가 말하려던 건 이것이었을까. 그렇게 한번 자라난 것은 되돌릴 수 없었고, 나는 그것을 마음속 어두운 구석에 숨겨두고 문을 잠갔다.

노래가 끝나자 다들 웃음을 터뜨렸다. 마침 그 곡은 피날레 같은 느낌이어서, 사람들은 자리에서 일어나 자연스럽게 흩어지기 시작했다. 헤어지면서 미노리와 테츠는 우리에게 공항으로 가기 전에 꼭 가게에 들러 점심을 먹고 가라고 했다. 우리는 택시를 타고 숙소로 돌아왔다.

다음날, 체크아웃한 우리는 잔잔한 숙취 속에서 캐리어를 끌고 미노리와 테츠의 가게로 찾아갔다. 두 사람은 따끈한 쌀국수를 만들어놓고 우리를 기다리고 있었다. 녹색 식물들로 가득한 그들의 가게는 담배 연기 자욱했던 지난밤의 술집과는 전혀 다른 세계처럼 느껴졌다. 우리와 달리 미노리와 테츠에게서는 숙취의 흔적을 조금도 찾아볼 수 없었다. 이것이 시모키타자와의 낮과 밤인가.

식사를 마친 뒤 우리는 연락처를 교환했다. 물론 그때 나는 그것으로 마지막이라고 생각했다. 연락처를 알았다고 해서 실제로 관계를 이어가는 사람이 세상에 얼마나 되겠느냐고. 가게 앞에서 우리는 서로를 껴안았다. 테츠도 수민과 나를 살짝 안아주었는데 키가 얼마나 큰지 내 얼굴이 그의 명치께에 닿았다. 그가 입은 티셔츠에서 오래된 책 냄새 같은 것이 났다.

여행에서 돌아온 후 얼마 되지 않아 수민은 구성작가 아카데미에 들어갔다. 월요일부터 금요일까지 종일 수업이 있었다. 나는 모 건축회사에서 회계장부를 정리하는 아르바이트를 했고, 다음에는 상공회의소에서 자격증 시험 답안을 채점하는 아르바이트를 했다. 일이 없을 때면 수민이 종종 방송국에서 하는 녹취 아르바이트를 구해다주었다. 주로 누군가의 인터뷰 영상을 보면서 문자로 타이핑하는 일이었다. 간단한 일일 거라 생각했지만 의외로 쉽지 않았다. 분명히 한국어로 말하고 있는데도, 어떤 문장은 아무리 반복해서 들어도 옮겨 적을 수 없었다.

그렇게 집중해서 누군가의 목소리에 귀를 기울이는 것은 생각보다 피로했다. 집으로 돌아오는 길, 버스 의자에 앉아 눈을 감고 있으면 주변의 소리들이 활자처럼 머릿속에 들어와 박혔다. 그때마다 나는 다른 무엇보다도 내가 이 불가해한 세계와 소통하려고 애쓰는 와중에, 쏟아지는 말들의 의미를 해독하는 와중에 조금씩 소진되어가는 게 아닌가 하는 생각이 들었고,

종종 두려웠다.

미노리는 양손을 바지 주머니에 넣은 채로 지하철역 앞에
서 있었다. 그때처럼 배기 바지를 입고 뿔테안경을 쓰고 있었
는데 어째서인지 예전보다 두 뼘은 더 작아 보였다. 미노리가
나를 보더니 손을 흔들고는 오랜만이네, 하고 인사했다. 한껏
멋을 부린 사람들이 즐거운 표정을 하고 지나갔다. 금요일 밤
이었다. 술을 마시겠냐고 묻자 미노리는 고개를 저었다. 우리
는 비교적 조용해 보이는 카페로 들어갔다.

미노리는 한국에 남자친구를 만나러 왔다고 했다. 지난여름
오키나와에서 서핑을 하다 만난 사람이라고. 끝이 어떻게 될
지는 모르지만 이렇게 또 시작한다고. 인스타그램에는 왜 사
진을 더 올리지 않느냐고 내가 묻자 미노리는 피곤해졌어, 하
고 말했다.

테츠는 미노리 없이 식당을 하는 것은 의미가 없다며, 가게
를 판 돈의 절반을 미노리에게 주었다고 한다. 미노리는 당분
간 아무 일도 하지 않고 그 돈을 탕진할 거라고 말하고는 웃었
다. 좋게 헤어졌다고, 내가 묻지도 않았는데 미노리는 말했다.
너는 이유가 궁금하겠지만, 콕 집어 설명할 수 없는 이유가 수
십 가지야. 물론 그중에 하나는, 하고 미노리가 뜸을 들였다.
수민 얘기였다.

수민이 이따금 일본에 오면 테츠까지 셋이서 함께 만나기도 했다. 그런데 그때마다 테츠는, 미노리가 처음 보는 얼굴로 수민을 바라보곤 했다는 것이다. 내가 놀란 표정을 짓자 미노리가 노노노, 네버, 했다. 그런 게 아니라고. 둘 사이에 아무 일도 없다는 걸 안다고. 미노리는 그냥 슬퍼졌던 거다. 수민이 아니었다면, 테츠가 그런 표정을 지을 줄 안다는 걸 몰랐을 거라는 게. 어쩌면 평생.

나도 느꼈다. 그날 밤 수민과 테츠 사이에 흐르던 것. 그것은 남녀 사이에 흐를 법한 묘한 기류, 라기보다는 어떤 에너지 같은 것이었다. 무해하고 싱싱하게 꿈틀거리는 에너지. 그러고 보면 완전히 무해하지는 않은. 어째서 누군가의 젊음이 우리를 상처 입히는지 모를 일이었다.

근데 나를 왜 보자고 한 거야?

내가 묻자 너에게 사과를 빚졌어, 하고 미노리가 말했다. 너를 좋아하지 않았어. 왜냐하면, you and me, 미노리가 말했다. We are like, 음, we are like…… 미노리는 그뒤에 붙일 단어를 고르지 못하고 있었다. 나도 알아. 우리는 지구의 다른 한쪽을 떠받치고 있는 사람들이지. I know, 나는 말했다.

미노리는 천천히 단어를 고르며 이야기를 계속했고, 언제부터인가 온전히 일본어로 말하기 시작했다. 무슨 말인지 하나도 몰랐지만, 무슨 말인지 다 알았다. 미노리는 이야기하고 있는 것이다. 빛이 환할수록 더 짙어지는 그림자에 관해. 임계점에 닿기도 전에 쉽게 무너져버리는 마음에 관해.

나는 가만히 듣고 있었다. 간혹 고개를 끄덕이기도 했다. 그러다 어느 순간 미노리가 입을 다물었고, 더는 우리 사이에 할 얘기가 남아 있지 않다는 느낌이 들었다.

카페 앞에서 미노리가 손을 내밀었다. 우리는 짧게 악수했고, 미노리는 그대로 돌아서서 씩씩하게 걸어갔다. 나는 가방에서 휴대폰을 꺼냈다. 부재중 전화가 두 통 와 있었고, 메시지도 하나 와 있었다. '희주씨, 구팀장님 화났어요.' 옆자리 동료가 보낸 것이었다.

시간은 생각보다 일렀고, 조금만 걸어가면 회식 장소인 돼지갈빗집이 나온다는 걸 알고 있었다. 하지만 나는 반대편으로 걸었다. 금요일 밤의 홍대 거리를 통과해서, 반짝거리고 소란스러운 것들 사이를. 나는 그 안에 속해 있는 것 같기도 했고 그 모두가 나와 무관한 것 같기도 했다.

변산에서

더는 안 되겠다고 생각했다.

점심을 먹으러 가려고 자리에서 일어났을 때, 보았다. 의자를 감싸고 있는 인조가죽이 엉덩이 모양으로 둥그렇게 벗겨져 있는 것을. 순간 마치 내 엉덩이가 전시되고 있는 것처럼 얼굴이 화끈했다. 왜 이걸 여태 못 봤을까. 나는 누가 볼세라 얼른 의자를 책상 밑으로 밀어넣었다. 이 정도면 충분히 한 거 아닌가. 일주일에 세 번은 가는 백반집에서, 아무 맛도 안 나는 계란말이를 입안에 욱여넣으며 생각했다.

십이 년을 근속한 내가 남기고 가는 것이 엉덩이 자국뿐이라니.

얘기를 꺼내자 민주는 수화기 너머에서 꺽꺽거리며 웃었다.

사표는 무슨 사표야. 수온이 대학 안 보낼래?

민주의 말에 그건 그렇지, 하고 나는 동의했다.

근데 밥 먹고 와서 내 옆의 최대리 의자를 봤더니 그건 또 괜찮더라.

내 말에 민주가 아직도 웃음을 멈추지 못한 채로 말했다.

내일 일찍 출근해서 몰래 바꿔놓으면 되겠네.

그때 수화기 너머로 칭얼거리는 수온의 목소리가 들렸다. 민주가 하도 시끄럽게 웃어서 잠에서 깬 모양이었다. 둘이 한참을 옥신각신하더니 수온이 이모, 하고 불렀다. 응, 하자 수온이 소리쳤다.

이모, 풍순이 번데기 됐어!

풍순이는 수온이 키우는 장수풍뎅이 애벌레의 이름이었다. 나한테 말해주려고 온종일 기다렸다고 했다. 그랬구나, 풍순이가 드디어 번데기가 됐구나. 수온에 관해서라면 나는 거의 모르는 게 없었다. 학교에서 수온의 단짝 친구로 알려진 친구는 하윤이지만 실제로 제일 친한 건 나은이라는 사실. 수온은 현준이라는 남자애를 좋아하는데, 현준이가 하윤이를 좋아하기 때문이란다. 수온은 가끔 할머니 휴대폰으로 내게 전화를 걸었다. 덕분에 나는 민주네 시어머니와 종종 짧은 수다를 떨기도 했다.

민주는 매일 수온을 재우고 나서, 식탁에 앉아 캔맥주를 하나 딴 뒤 내게 전화를 건다. 그게 아마도 밤 열시쯤. 하루를 마무리하는 일과인 셈이다. 캔맥주가 비워지는 동안 민주와 나는 시시콜콜한 이야기들을 나눈다. 주말에 수온을 데리고 치킨집에서 맥주를 마시다가 웬 아저씨와 시비가 붙어 한바탕했다든지. 점심시간에 최대리가 무심코 생선을 뒤집었다가 복달아난다고 부장님한테 욕먹은 얘기 따위를.

길고 길었던 소송전이 끝나고, 살던 곳으로 돌아간 민주는 초등학교에서 방과후 교사로 일하고 있었다. 곧 겨울방학이 시작된다고 했다.

사표는 넣어두고 하루 연차나 내라. 올해도 어디 한 번은 놀러갔다 와야지.

민주가 말했다.

지난해 말에는 속초에 다녀왔다. 민주가 차를 산 지 얼마 되지 않았을 때여서, 시승식을 겸해 속초까지 달리기로 한 것이었다. 별다른 계획은 없었다. 속초에 도착하자마자 회센터로 가서 방어를 회 뜨고, 시장에 가서 참소라, 단새우와 성게알까지 샀다. 안주를 사는 데만 한참이 걸렸다. 수온이 자기는 회보다는 치킨이 먹고 싶다고 해서 그것도 하나 샀다.

숙소에 돌아와 상을 차려놓고 보니 쓸데없이 성대해서, 뭔가를 축하해야 할 것만 같았다. 일단은 차를 산 걸 축하하기로 했다. 중고긴 하지만 여기까지는 무사히 왔으니까, 건배. 수온도 물컵으로 건배했다. 올해도 사표 안 내고 무사히 상여금을 받았으니까, 건배. 그래서 나름대로 고급지게 성게알을 사 먹고 있으니까, 건배, 건배.

수온이 잠든 뒤 우리는 밤늦도록 술을 마셨다. 다음날 체크아웃 시간이 임박해서야 우리는 짐을 자동차 트렁크에 던져둔 채 깨질 듯한 머리를 부여잡고 숙소 맞은편의 식당으로 걸어갔다. 맑은 가자미탕을 시켰는데 우리는 그날 진정한 해장이 무엇인지를 알았다. 그걸 먹지 않았다면 돌아오는 길은 음주운전이 되었을지도. 수온은 어디서 배웠는지 허어, 허어 소리를 내며 우리보다 더 차지게 국물을 떠먹고 가자미 살을 발라 먹었다. 국물맛이 시원하다면서.

술꾼이 될 조짐이 보여.

민주는 그렇게 말하고는 어이없다는 듯 고개를 절레절레 저었다.

그후로 벌써 일 년이 지났다. 수온은 올해 학교에 들어갔고, 나는 입학 선물로 책가방을 사줬다. 수온은 가방이 너무 재미없게 생겨서 실망스럽다고 했다. 그러고는 내게 가방을 환불받아 다른 것을 사달라고 요구했다가 버릇없다고 민주에게 엉덩이를 맞았다. 수온은 웃기는 애였다. 그래서 나는 수온을 좋아했다. 민주는 말할 것도 없고. 요즘 나를 웃게 하는 사람은 세상에 이 두 사람밖에 없었다. 나는 정말로 책가방을 반품하고, 인조가죽으로 된 핑크색 아동용 핸드백을 수온에게 선물로 주었다. 수온은 그제야 만족스러워했다. 보물이라도 되는 듯 어디든 메고 다녔다. 나는 수온이 그 가방 안에 도대체 어떤 것들을 넣고 다니는지 궁금했지만, 수온은 비밀이라며 알려주지 않았다.

민주와 승민과 나. 번데기 시절에 셋이서 변산에 갔었다. 나의 대학 졸업을 기념하는 여행이었다. 고속버스를 타고 두 시간 반을 달려 부안 터미널에 도착했고, 그곳에서 다시 시내버스를 타고 변산반도로. 그러고는 지도도 보지 않은 채 해안가를 따라 온종일 걸었다. 그때도 겨울의 초입이었다. 걷는 동안 사람이라곤 아무도 만나지 못했다. 지구상에 우리 셋만 남은 기분. 기이할 정도로 고요했고, 평화로웠다. 그런 기분을 이후로는 단 한 번도 느껴보지 못했다.

서해가 이렇게 아름다웠나. 그날 노을을 보며 승민은 중얼거렸다. 온 바다를 집어삼킬 듯 퍼져나가는 빛무리. 우리는 해가 완전히 넘어갈 때까지 그 자리에 붙박인 듯 서 있었고, 어둠과 함께 기다렸던 것처럼 허기와 피로가 몰려들었다. 조금 걷다보니 '바람꽃'이란 이름의 숙소가 보여 묵기로 했다. 주인장 차를 타고 도로 시내로 나가 두 손 가득 술과 과자가 담긴 비닐봉투를 짊어지고 돌아왔다. 피곤해서 금세 잠들 것 같았는데 결국엔 웃고 떠들며 밤을 지새웠다. 그리고 조만간 꼭 다시 오자고 약속했다. 돌아오는 버스에선 셋 다 기절한 것처럼 잠들었지. 기억나? 민주에게 묻고 싶었지만 그냥 혼자 생각했다. 그런 질문으로 시작해야 하는 이야기는 좀처럼 꺼내지 않았다.

술김에 했던 약속을 지키려던 것은 아니었다. 그냥 민주가 살고 있는 익산와 비교적 가까워서. 내가 서울에서 고속열차를 타고 역에 도착하자 민주가 차를 끌고 수온과 함께 마중나왔다. 그곳에서 변산까지 차로 한 시간이 채 안 걸리는 거리였다. 커다란 선글라스를 낀 수온이 나를 보자마자 달려와서 안겼다. 마지막으로 본 것이 지난여름인데 그새 키가 또 한 뼘은 자란 것 같았다. 수온의 할머니가 수화기 너머로 수온이는 중닭이 다 되어간다, 했던 말이 이해가 됐다. 팔다리가 길쭉해지고 얼굴도 갸름해진 것이 더는 보송보송한 병아리는 아닌 게 맞았다.

리조트 지상 주차장은 만차였다. 지하 이층까지도 차가 가득차 있었다. 몇 번이나 빙빙 돌다가 결국 한 층 더 내려가기로 했다. 이 겨울에 관광객이 이토록 많을 리는 없었고, 리조트 내부에 있는 컨벤션센터에서 무슨 행사를 하는 것 같았다.

옆에 좀 잘 봐줘.

민주가 말했다. 커브가 유난히 급했다. 내려가는 동안 나는
창문을 열고 차가 벽을 긁지 않는지 지켜보았다. 민주는 거의
멈춘 것과 같은 속도로 커브를 돌았다. 오른쪽 앞바퀴가 연석
에 올라탔다가 내려오면서 차의 꽁무니가 벽을 긁는 지독한
소리가 났다. 민주가 욕을 내뱉었다.

차는 일 년 새 고물이 다 되어 있었다. 무슨 일이든지 뚝딱
해내는 민주였지만 운전만은 영 아니라는 게 나의 결론이었
다. 지하 삼층에 내려가자 비로소 빈자리가 보였다.

저기 세우면 되겠다.

민주는 빈자리에 차 앞머리를 들이밀었다 빼기를 열 번쯤
반복했다. 속이 울렁거렸다. 뒤따라오던 차는 한참을 기다리
다가, 민주가 차 앞머리를 다시 집어넣었을 때 신경질이라도
내듯 액셀을 밟으며 지나갔다.

실내 주차장이 제일 싫어. 이래서 마트도 못 간다고.

민주가 말했다. 내려서 봐줄게, 나는 그렇게 말하고 차에서
내렸다. 수온도 핸드백을 들고 따라 내렸다.

너는 왜 내려?

내가 묻자 속 터져서, 하고 수온이 주먹으로 가슴을 두드리
며 말했다.

그런 말은 어디서 배웠어.

내 말에 수온은 어깨를 으쓱했다. 민주는 창문 밖으로 고개를 쑥 내밀고, 옆 차와의 간격을 살펴보느라 나를 쳐다보지도 않았다. 수온과 나는 손을 잡고 가만히 서 있었다.

이모, 면허 아직도 없어?

수온이 나를 올려다보며 물었다.

아무래도 이모가 따는 게 좋겠지?

수온이 손가락을 하나씩 꼽더니, 곧 계산을 포기하고는 말했다.

내가 따도 되는데, 너무 오래 남았으니까. 생일파티를 열 번도 더 해야 해.

그러고는 의아하다는 듯이 물었다.

근데 이모는 서른 살도 넘었는데 왜 면허가 없어?

그러게나 말이다.

내가 맞장구쳤다. 용케 주차를 마친 민주가 대체 무슨 행사를 하는 거야, 하고 투덜거리며 차에서 내렸다. 그리고 아까 긁힌 차 뒷부분을 살펴보았다. 이미 긁힌 자국이 차고 넘쳤다.

어떤 건지 모르겠네.

민주가 말했고 나는 웃어버렸다.

엘리베이터를 타고 일층 로비로 올라갔다. 차가 이렇게나 많은데도 리조트 안은 놀라울 만큼 한적했다. 다들 컨벤션센

42

터에 모여 있는 모양이었다. 나는 카운터로 가서 체크인을 했다. 직원은 삼만원을 더 내면 오션뷰 방을 줄 수 있다고 했다. 나는 됐다고 고개를 저었다. 딱히 경치를 보러 온 건 아니니까. 물론 그렇다고 달리 계획이 있는 것도 아니었다. 회를 떠와서 술을 마신다, 정도밖에는. 하지만 아직은 배가 불렀다. 근처 유명하다는 식당에서 백합죽과 갑오징어 무침을 먹고 온 참이었다. 이대로 낮잠이나 한숨 잤으면 싶었다.

우리가 묵을 객실에는 침대가 있는 큰 방이 하나, 침대가 없는 작은 방이 하나 있었다. 창밖으로 주차장이 한눈에 내려다보였다. 민주가 소파에 드러눕더니 말했다.

나쁘지 않네. 이러면 주차장이 안 보여.

나도 바닥에 드러누웠다. 아직 보일러가 돌지 않아 바닥이 냉랭했다. 시야가 닿는 곳에 넓게 펼쳐진 하늘과 겨울 산의 능선이 보였다. 이제 뭐할까, 내가 묻자 글쎄, 하고 민주가 나른한 목소리로 대답했다. 수온은 부엌 찬장을 하나하나 열어보고 있었다.

도마다.

이모, 도마, 하고 수온이 조르르 달려왔다. 초록색 플라스틱 도마였다.

진짜네. 도마가 있네.

수온, 이모 귀찮게 하지 마.

민주가 말했다.

이모, 귀찮아?

아니, 하나도 안 귀찮은데.

내가 대답하자 수온은 나를 향해 씩 웃어주고는 다시 찬장으로 돌아갔다. 국자. 칼. 냄비받침. 수온이 부엌살림을 하나씩 읊는 사이 민주는 휴대폰 화면을 들여다보고 있었다.

내소사 어때, 하고 민주가 한참 후에 말했다.

육백 미터짜리 전나무 길이 있다는데.

수온아, 절 가볼래? 너 절 가봤어?

안 가봤는데, 하고 수온이 대답했다.

안 가봤습니다.

민주가 말했다. 수온은 뾰로통하게 입술을 내밀 뿐 아무 대꾸가 없었다.

수온, 대답 안 해?

민주가 다그쳤다.

……습니다, 하고 수온이 웅얼거렸다.

야, 아무리 그래도 '습니다'는 너무하네.

내 말에 민주가 엄한 표정으로 말했다.

넌 참교육을 방해하지 마라.

내소사에 갔다 오는 길에 회와 술을 사서 돌아오기로 했다.

주차장에서 차를 빼서 나오는데 컨벤션센터 앞에 사람들이 잔뜩 모여 있었다. 건물에 붙은 플래카드를 보니 유명한 다단계 회사의 팀장급 모임인 듯싶었다. 쉬는 시간인지 사람들이 담배를 피우러 몰려나와 있었다. 건강기능식품으로 유명한 회사에 흡연자들이 이렇게나 많다니.

엄청나네.

뭉게뭉게 피어나는 담배 연기에 민주는 창문을 열고 있지 않은데도 손을 내저었다.

프로폴리스 치약을 잘 만든대. 생리대도.

내가 말했다.

실은 나도 저기 회원이야. 우리 엄마가 회원이거든.

민주가 그렇게 말하고는 웃음을 터뜨렸다.

승민이도 회원이었어. 너도 내 밑으로 들어올래? 그럼 우리 엄마도 내년엔 여기 오게 될 수도 있잖아.

그럴까, 하고 나는 따라 웃었다. 민주네 어머니는 민주가 친정에는 잘 오지도 않으면서 시어머니와 걸어서 오 분 거리에 사는 게 내심 섭섭한 모양이라고 했다.

수온이 봐줄 마음도 없으면서 그런다.

마음이 없으시대?

우리 엄마 바빠. 요새 자기계발에 빠졌거든. 주민센터, 도서관, 안 가는 데가 없어.

뭘 배우시는데?

글쎄, 아침에는 테니스 다니고. 민화도 그리고. 시도 쓰는 것 같던데.

겨울이어서인지, 늦은 오후여서인지 내소사 주차장에는 차가 하나도 없었다. 와, 존나 좋아, 하고 민주가 말했다.

참교육할 거면 욕이나 하지 마라.

걱정 마. 수온아, 우리 뭐라고 했지?

민주가 룸미러로 수온을 보며 물었다.

나 스무 살 되면 욕해도 돼요.

수온은 엄마와 눈을 마주치지 않은 채 창밖을 보며 자동기계처럼 말했다.

근데 다른 사람한테는 하면 안 돼요.

그러니까 민주 말로는 시발, 존나, 지랄 같은 건 혼잣말에 가까운 거고, 거기에 누군가를 지칭하는 말을 붙여 부르는 건 안 된다는 것이었다. 그건 나쁜 거니까. 참으로 원칙이 있는 엄마였다.

가로로 세워버릴까.

민주가 중얼거렸다. 텅 빈 주차장에 차를 아무렇게나 세웠다. 내소사 입구까지 가는 길 양옆으로 이런저런 가게들이 있었지만, 문은 거의 다 닫혀 있었다. 작은 가판대에서 모시떡을 파는 아주머니 한 분만 우리를 호객했다. 민주는 맛있겠다고

중얼거리더니 내려올 때 살게요! 하고 아주머니를 향해 소리
쳤다. 아주머니는 엄지손가락을 들어 보였다.

　전나무들은 생각보다 초록초록하지 않았고 육백 미터는 생
각보다 짧았다. 절들은 대부분 산 위에 있어서 언덕을 낑낑대
며 올라가야 했는데 이곳은 평지인 게 마음에 들었다. 천왕문
을 지났다. 예의 무시무시하고 화려한 빛깔은 하나도 없이 사
천왕 모두 아무 색이 없었다. 나무 빛깔 그대로였다. 그래서
덜 무섭기는 했지만 왠지 추워 보였다. 이런 건 처음 보네, 민
주가 말했다. 색을 다시 칠하는 비용을 시주받고 있다는 문구
가 적힌 종이가 한쪽에 붙어 있었다.
　안으로 들어서자 아담한 내부에 다니는 사람이 하나도 없었
다. 중앙에 있는 커다란 느티나무에 소원이 적힌 연등이 여러
개 매달려 있었다. 대웅전 쪽으로 다가가자 아까 그 사천왕을
위한 보시함이 놓여 있었다. 민주는 지갑에서 만원짜리 지폐
를 하나 꺼내 그 안에 집어넣었다. 그리고 손을 모으더니 눈을
감았다. 수온은 그런 엄마를 물끄러미 올려다보았다. 이윽고
눈을 뜬 민주가 말했다.
　발톱 하나는 내 지분이야.
　대웅전 옆쪽으로 알록달록한 건물이 하나 있었다. 사면 벽
에 그림이 잔뜩 그려져 있었다. 수온이 그쪽으로 달려갔다. 민

주와 나도 따라갔다. 가까이서 보니 그림은 지옥도였다. 그림 속 어떤 사람은 혀가 길게 뽑혀서 커다란 소가 그걸 밟고 있었다. 어떤 사람은 몸에 말뚝이 여러 개 박혀 피를 흘리고 있었고, 어떤 사람은 칼에 찔린 채였다. 펄펄 끓는 가마솥에 들어간 사람들도 있었다. 나는 수온의 눈을 가릴까 생각했다가 관두었다. 수온은 호기심 가득한 얼굴로 그림을 뜯어보더니 혀가 길게 뽑힌 사람을 가리켰다.

이모, 이 사람은 왜 이러고 있어?

나는 그림 옆에 적혀 있는 한자를 더듬더듬 읽다가 빠르게 포기하고 말했다.

거짓말을 했대.

진짜?

그러자 민주가 뒤에서 피식, 웃더니 너야말로 지옥에 가겠구나, 하고 말했다.

우리 애한테 그런 거 가르치지 마.

왜, 거짓말은 나쁜 거잖아.

내가 대꾸하자 민주는 내가 아닌 수온을 향해 말했다.

수온, 때로는 거짓말도 필요한 거야. 필요할 때가 있어.

어떤 때?

수온이 되묻자 민주는 한참 동안 말이 없더니 좀더 크면 알게 될 것이다, 라며 중얼거리듯 말했다.

절에서 나오는 길에 약속대로 모시떡을 샀다. 열 개들이 찹쌀 모시떡. 우리는 그걸 하나씩 집어 먹으며 해안도로를 따라 달렸다. 승민은 유난히 떡을 좋아해서 우리는 그애를 떡보라고 불렀다. 퇴근할 때쯤 집 앞 시장에서 세 개에 오천 원, 하고 떨이로 파는 것을 사다가 잠들기 전에 전부 해치울 정도였다. 승민의 떡 사랑은 결혼하고도 여전해서, 수온을 가진 지 얼마 되지 않았을 무렵 민주는 승민의 배가 자기보다 더 나왔다며 놀리곤 했다. 아홉 달 후면 떡이 나오는 것 아니냐며.

수온의 태몽도 승민이 꾸었다. 태양 대신 거대한 무지개떡이 하늘에 떠 있었다고 한다. 그런데도 손을 뻗자 너무 쉽게 닿았다. 뜯어서 한입 베어 물었는데 너무 맛있어서 눈물이 났다고. 그래서 엉엉 울었다고. 그 얘기를 듣고 나는 무지개떡처럼 달고 고운 아이가 나오겠구나 생각했다. 그리고 정말로 그랬다.

해가 넘어가고 있었다. 멀리 수평선으로부터 연한 빛이 번지고 있었다. 해수면 전체가 빛가루를 뿌린 것처럼 물결이 일 때마다 눈부시게 반짝거렸다. 곧 해가 완전히 넘어갈 것 같아 어딘가 잠시 차를 세우고 싶었지만, 민주에게는 너무 어려운 일이었다. 그래서 계속 달렸다. 수온과 나는 연신 우와, 우와 하고 소리를 질렀다. 나는 '기억나?'로 시작하는 생각을 하고 있었다. 옹기종기 모인 낮은 집들의 지붕을 붉게 물들이던, 단 하루도 같은 모양인 적 없던 노을들.

민주가 자취하던 집은 제법 높은 지대에 있었고, 바로 앞이 중학교여서 시야를 가로막는 건물이 없었다. 옥상에 올라가면 나름대로 정겨운 서울 한구석의 풍경이 펼쳐졌다. 야경도 볼 만했지만 해질녘의 광경이 제일 아름다웠다. 나는 대학 시절 내내 기숙사에 살아서, 숙식을 전부 캠퍼스에서 해결하다보니 미칠 듯 갑갑할 때가 있었다. 그럴 때면 종종 민주의 방으로 탈출하곤 했다. 그곳도 그리 나을 것 없는 코딱지만한 원룸이 었지만.

거기엔 자주 승민이 있었다. 라면을 끓여먹고 있는 승민. 입을 벌린 채 잠들어 있는 승민. 옥상에 빨래를 널고 있는 승민. 승민과 민주는 고등학생 때부터 연인이었다. 승민이 민주보다 한 살 더 많았는데 승민의 반과 민주의 반이 일주일에 한 번 체육 시간이 겹쳐 운동장을 함께 쓰곤 했다고 한다. 어느 날, 우렁차게 씨발, 씨발 하는 소리가 나서 승민의 반 아이들 모두가 깜짝 놀라 그쪽을 쳐다보았다. 피구 공을 든 민주가 날아다니고 있었다. 공을 건네받자마자 강스파이크를 날려 상대편 아이들을 울리던 민주. 어쩌다 공이 빗나가면 커다랗게 욕을 했다. 선생님이 주의를 주어도 아랑곳하지 않았다. 승민은 그런 민주가 웃겼다.

그날 이후로 승민은 체육 시간마다 민주를 훔쳐보았다고 한다. 민주는 뜀틀도 잘 넘고 달리기도 잘했다. 그게 좋았다고 승민은 말했다. 사귀고 보니 더해. 못하는 게 없다고. 시장에서 물건값을 얼마나 잘 깎는지. 김치찌개를 얼마나 맛깔나게 끓이는지. 저녁때면 둘이 나란히 앉아 레이싱 게임을 하는데 자기가 이긴 적은 손에 꼽는다고. 승민은 언제나 싱글벙글하며 자랑스럽게 말했다. 민주가 주차하는 걸 봤어도 잘한다 했을까 궁금하긴 했다. 조수석에 앉은 승민의 표정은 어땠을까. 덩치는 커다란 녀석이 천장 손잡이를 두 손으로 움켜잡고 있었겠지.

민주가 서울 소재 대학으로 진학하면서, 두 사람은 민주의 단칸방에서 함께 살기 시작했다. 승민은 대학에 가지 않고 일식집에서 주방 보조로 일했다. 나중에 고향으로 돌아가 조그만 이자카야를 차리는 것이 꿈이라고 했다. 가끔 승민이 남은 초밥이나 회를 가져오는 날에는 셋이서 술을 진탕 마셨다. 우리의 헐렁한 주머니로는 그런 걸 돈 주고 사 먹기는 어려웠으니까.

언젠가는 지방 소도시로 이사해서 서로 가까운 곳에 집을 구해 살자고, 동네 단골 손님들과 저녁마다 함께 북적거리며 지내자고 했었다. 내가 좋아하는 삶은 깍지 콩은 365일 무제

한. 메뉴판 따로 없이 안주는 그날그날 신선한 재료에 따라 내키는 대로 만들 거라고 승민은 신이 나서 말했다. 언젠가 번데기 고치에서 나오게 되면 이런 걸 해야지, 저런 걸 해야지, 떠들다보면 어느새 밤이 깊었다. 그러면 민주와 나는 승민을 바닥으로 쫓아내고 조그만 침대에서 함께 잠들곤 했는데.

리조트 바로 앞에 수산센터가 있었다. 숭어가 제철이라고 해서 한 마리만 샀다. 매운탕감은 챙기지 않았다. 대신 홍합탕을 끓이기로 했다. 홍합을 만원어치 샀더니 아주머니가 백합을 몇 개 얹어주었다. 마트에 가서 소주 두 병과 맥주 피처 두 병을 샀다. 한참을 다닌 것 같은데 숙소로 돌아오니 겨우 여섯시였다. 수온이 〈보니하니〉를 봐야 한다고 해서 텔레비전을 틀었다. 이미 절반이나 지나가 있었다. 민주는 자기가 홍합탕을 끓이겠다며 레시피를 찾아보더니, 청양고추가 필수라며 혼자 마트에 간다고 도로 나가버렸다. 나는 바닥에 앉아 소파에 등을 기댔다. 소파에 올라앉은 수온은 텔레비전을 보면서 내 머리카락을 여러 가닥으로 땋는 데 심취해 있었다. 사부작거리는 느낌이 좋았다.

보니와 하니가 어느 초등학생과 영상통화를 하고 있었다. 보니가 아이에게 물었다. 친구는 무슨 요일을 제일 좋아해요? 아이가 대답한다. 토요일이요. 토요일마다 아빠와 단둘이 캠

핑을 간다고 했다. 나는 나도 모르게 수온을 돌아보았다. 그러
자 수온이 쥐고 있던 머리카락이 손에서 빠져나왔다.

아, 놓쳤잖아.

수온이 울상을 지었다.

미안. 다시 해줘.

수온이 다시 머리를 땋기 시작했다.

수온이는 무슨 요일이 제일 좋아?

수온은 음, 하고 곰곰이 생각하더니 말했다.

나는 수요일하고 토요일.

왜?

왜냐하면, 수요일은 학원도 안 가고, 학습지 선생님도 안 오
는 날이라서. 그리고 토요일은 학교에 안 가니까.

일요일에도 학교 안 가잖아.

일요일엔 할머니 따라서 교회 가야 해.

교회 싫어?

응, 절이 더 좋은 거 같아.

어째서?

할머니는 절에 안 가니까.

나는 웃음을 겨우 참으며 물었다.

너, 할머니 싫어?

그러자 수온이 한껏 진지하게 대답했다.

아아니, 근데 좀 피곤할 때가 있어.

나는 결국 웃음을 터뜨리고 말았다.

우리는 수요일과 토요일만 있는 달력을 만들어보기로 했다. 벽에 스프링 달력이 걸려 있어 살펴보니 이미 지나간 열한 달의 페이지가 뒤로 넘어가 있었다. 나는 그중 하나를 북 찢었다. 수온은 핸드백에서 조그만 크레파스 세트를 꺼냈다. 손에 묻지 않는 것이라고 쓰여 있었다. 우리는 커다란 달력 종이 뒷면에다 여러 색깔로 수토수수토수토토수토수토라고 적었다. 요일이 단 두 개뿐인 세상에서는 일곱번째에서 다음 줄로 넘어갈 필요도 없고, 한 달이 꼭 30일이나 31일이어야 하는 법도 없으니까. 그림도 그렸다. 나는 꽃잎이 다섯 장 달린 꽃을 글자 사이에 여러 개 그렸고 수온은 한쪽에다가 사람처럼 생긴 것을 그렸다.

바닥에 엎드려 그림을 그리고 있자니 그때가 생각났다. 우리집 거실에 여자 넷이 모여 앉아 피켓을 만들던 밤. 시트지를 오리다가 한 사람이 눈물을 쏟으면 다 함께 울었다. 승민의 과로사가 산재로 인정되는 데는 일 년이 넘는 시간이 걸렸다. 민주는 그동안 매일같이 근로복지공단 앞으로 출근해 일인 시위를 했다. 그리고 승민의 어머니가 서울로 올라왔다. 수온을 봐줄 사람이 필요했기 때문이다. 싸움이 얼마나 길어질지 알 수 없고, 집을 구할 만한 상황도 아니었기 때문에 수온의 가족들은 내가 사는 아파트를 베이스캠프 삼아 지냈다.

민주의 시어머니는 조그맣고 꼿꼿하고 분주한 사람이었다. 아침에 눈을 떠보면 쌀 익는 냄새가 집안에 가득했는데, 자취를 시작한 이래 아침저녁으로 갓 지은 쌀밥을 먹은 건 그 시기가 유일했다. 잘 먹어야 잘 싸울 수 있다고, 어머니는 최대한의 능력치를 발휘해 삼시 세끼를 마법처럼 차려냈다. 그때 나는 무람없이 생애 최고 몸무게를 찍었다. 산재가 인정되던 날 저녁, 우리는 식탁에 모여 앉아 어머니가 만든 LA갈비를 먹었다. 손가락을 빨아가며 열심히 갈비를 뜯었다. 배가 터질 듯이 부른데도 먹고 마시는 것을 멈출 수가 없었다. 멈추면 뭔가가 완전히 끝나버릴 것만 같았다.

돌아온 민주에게서 바닷바람 냄새와 함께 희미한 담배 냄새가 났다. 청양고추만 사러 다녀온 것은 아닌 것 같았다. 민주가 홍합탕을 끓이는 동안 나는 쌈채소를 씻었다. 수온은 소파에 누워 내 휴대폰으로 게임을 하고 있었다.

윽, 고추 너무 많이 넣었다.

홍합탕 국물을 한입 떠먹은 민주가 얼굴을 찡그렸다. 그래? 하고 나도 한입 떠먹어보았다. 칼칼했지만 나쁘지 않았다.

우리는 낮은 테이블 앞에 자리를 잡고 앉아 잔을 부딪쳤다.

어머님이 갓김치를 세 통이나 주셨어. 한 통은 네 거.

민주가 말했다. 갓김치 좋지, 하고 나는 고개를 끄덕였다. 어머니의 갓김치를 생각만 해도 입에 침이 고였다. 승민은 자기가 요리를 잘하는 건 맛있는 걸 많이 먹고 자랐기 때문이라고 했다. 승민의 어머니는 민주와 승민이 함께 살던 자취방으로 반찬을 몇 통씩 택배로 부치곤 했다. 나는 간혹 엄마가 장조림이나 깻잎장아찌 같은 걸 보내주면 곰팡이가 슬 때까지 내버려두기 일쑤였는데, 민주와 승민에게는 그런 일이 한 번도 없었다고 했다. 엄마에게는 미안하지만, 나도 그 방에 놀러가면 밥을 두 공기씩 비우곤 했으니까.

수온은 저녁을 먹는 둥 마는 둥 하더니 도로 소파에 누워 휴대폰 게임을 했다. 이때다 싶었을 것이다. 엄격한 민주는 수온에게 게임을 하루 딱 삼십 분씩만 하도록 했는데 나를 만날 때는 그냥 내버려두었기 때문이다. 수온이 제일 좋아하는 건 똑같은 얼굴을 여러 개 모으면 사라지는 게임이었다. 수온이 메신저에서 자꾸 나를 게임에 초대하길래, 이건 뭔가 싶어 나도 한번 깔아봤는데 생각보다 재미있었다. 그걸 하느라 새벽 세시까지 깨어 있다가 회사에서 졸기도 했다. 한번은 수온이 게임을 한다며 내 휴대폰을 가져갔다가 울음을 터뜨렸다. 이모레벨이 백이십이야, 하고 서럽게 울었다. 자신은 매일 삼십 분씩밖에 못 해서 레벨이 삼십도 채 되지 않는데, 이모는, 하면서. 그 일로 민주와 나는 한동안 수온을 놀렸다.

매일 밤 통화할 때는 침묵이 찾아오는 법이 없었는데 막상 오랜만에 마주앉으니 할말이 없었다. 이미 할 이야기는 다 해버린 뒤라 그런 건지도 몰랐다. 이유 없이 틀어둔 텔레비전에서는 영화가 나오고 있었다. 기억을 잃어버린 인간 병기 비밀 요원이 자신이 누구인지 알기 위해서 고군분투하는 영화.

우리는 말없이 텔레비전에 시선을 둔 채 회를 집어먹고 홍합탕 국물을 떠먹었다. 더는 잔도 부딪치지 않고 각자 마셨다. 요새 나는 그래, 하고 한참 후에 민주가 입을 열었다.

수온아, 천천히 커, 천천히 커도 괜찮아, 그런다.

돌아보니 수온은 어느새 입을 벌리고 잠들어 있었다. 나는 잠든 수온을 안아다가 방안 침대에 눕혔다. 여덟 해만큼 묵직해서 놀라웠다. 내가 맨 처음 수온을 만났을 때, 처음으로 안아보았을 때 그애가 너무 작고 가벼워서 나는 두려웠었다. 내가 뭔가를 상하게 할까봐. 뭔가를 묻히게 될까봐. 승민도 같은 마음이었을까.

그날 내가 퇴근 후 병원에 도착했을 때 민주는 잠들어 있었다. 신생아실 창문 너머로 수온을 처음 봤다. 승민이 휴게실 자판기에서 율무차를 뽑아주며 말했다. 홀어머니가 계신 고향으로 내려갈 생각이라고. 아이가 생겼으니 좀더 넓은 곳으로 이사를 해야 하는데 서울은 집값이 너무 비싸고, 주방 일보다는 조금 더 힘들더라도 돈이 되는 일을 해야겠다고 했다. 작은 아버지가 일하는 건설사에 자리가 생겼다는 거였다. 아빠가 되니 철들었구나, 나는 그런 식으로 말했던 것 같은데.

희진아, 천주교엔 그런 거 있잖아. 대부, 대모, 그런 거.

있지, 하고 나는 고개를 끄덕였다.

그게 법적 효력이 있나?

승민이 진지한 얼굴로 물었다. 나는 웃음을 터뜨렸다.

있을 리가 없잖아.

그러자 승민도 그런가, 하며 따라 웃었다. 그러고는 말했다.

그래도 너는 이제부터 갓마더야.

승민은 자신의 종이컵을 앞으로 내밀었다. 건배하자는 듯이. 갓마더, 오케이. 나는 내 종이컵을 승민의 것에 부딪쳤다.

거실로 돌아오자 민주가 없었다. 발코니에서 아래쪽을 내려다보고 있는 민주의 뒷모습이 보였다. 나는 창을 열고 밖으로 나갔다. 민주 손에 담배가 들려 있었다.

담배는 언제부터 피웠어.

민주가 고개를 저었다.

아니야, 오늘만. 오늘밤만 피우는 거야.

담배를 한 모금 빨아들인 민주가 난간 아래쪽으로 길게 연기를 내뿜었다. 그러고는 저것 좀 봐, 하고 말했다. 나는 아래를 내다보았다. 컨벤션센터 건물에서 사람들이 우르르 쏟아져

나오고 있었다. 내가 말했다.

　드디어 끝났나보네.

　우리는 자신의 차를 찾으러 바쁘게 움직이는 사람들을, 차들이 하나하나 주차장을 빠져나가는 광경을 가만히 내려다보았다. 십일층 위에서 내려다보니 모든 게 참 작았다. 테트리스 화면을 보고 있는 느낌이었다. 주차장이 조금씩 비어가는 것을 바라보는데 왜 마음이 쓸쓸해지는지 알 수 없었다.

　산재 인정을 받은 지 얼마 되지 않아 회사가 공단 측에 소송을 걸었다. 퇴직금도 지급할 수 없다고 했다. 회사 중역이었던 작은아버지는 나 몰라라 했고, 그렇게 소송전은 삼 년 남짓 더 이어졌다. 그동안 수온은 기저귀를 뗐고 키가 이십 센티도 넘게 자랐다. 질문이 많아진 수온은 우리가 하고 있는 일이 무엇인지 물었고, 우린 그게 일종의 싸움이라고 했다. 잘못된 것을 제자리로 돌려놓기 위한 싸움.

　우리가 착한 쪽이야?

　수온의 질문에 우리는 잠시 망설이다가, 그렇다고 했다. 그 애는 고난과 시련이 있더라도 결국엔 착한 쪽이 이기는 거라고 알고 있었고, 우리는 그게 아닐 수도 있다는 것을, 언제나 그런 것은 아니라는 것을 그때 가르쳐주지 못했다. 우리가 수온에게 말하지 못한 진실은 그것이었다. 우리가 졌다는 것.

　항소를 포기하던 날 저녁, 우리는 또다시 갈비를 먹었다. 그

때부터였던 것 같다. 먹어도 먹어도 배가 부르지 않게 된 것이. 마셔도 마셔도 취하지를 않는 것이. 어쨌든 좋은 팀워크였다고, 그날 밤 민주는 말했다. 그 얼마 동안 시어머니와의 사이에 일말의 자매애 같은 것이 생겼다고. 그리고 수온이는 나보다 널 더 좋아하게 된 것 같애, 하고 민주는 덧붙였다.

거실로 돌아와 상을 치우다가 문득 소파에 놓여 있던 수온의 핸드백이 눈에 들어왔다. 여닫는 고리에 빨간색 플라스틱 보석이 박혀 있었다. 내가 핸드백을 만지작거리며 민주에게 물었다.

넌 여기 뭐가 들었는지 알아?

몰라. 절대 비밀.

민주가 고개를 가로저으며 웃었다.

열어볼까?

내가 속삭이듯 말했더니 민주가 키득거리며 고개를 끄덕였다. 나는 조심스레 가방을 열어, 안에 들어 있는 것을 하나씩 끄집어내 테이블 위에 올려놓았다.

뚜껑을 여닫을 수 있는 핑크색 거울. 토끼 얼굴을 수놓은 동전 지갑. 조그만 크레파스 세트. 하얀 바탕에 노란 물방울무늬가 그려진 플라스틱 머리핀. 과일맛 사탕 몇 개와 찐득찐득한 사탕 껍질이 두 개. 마지막으로 열쇠고리가 나왔다. 가방 안쪽 지퍼가 달린 주머니에 따로 들어 있었다. 포켓몬스터 캐릭터인 '잠만보'가 매달려 있는 것. 언젠가 민주, 승민과 나 셋이서 영화를 보러 갔다가, 영화관 로비에 뽑기 기계가 있어 해본 적이 있었다. 그때 내가 뽑은 게 그 열쇠고리였고, 승민과 꼭 닮아서 옜다 너 가져라, 하고 내가 승민에게 주었던 것.

이거 기억나?

내가 물었다. 민주는 전혀 모르겠다는 듯 그게 뭔데? 하고 물었다. 나는 잠만보 열쇠고리를 다시 가방 안쪽 깊숙이 집어넣었다.

민주는 수온과 함께 침대방을 쓰기로 했고 나는 작은 방에 이부자리를 폈다. 한참을 누워 있어도 잠이 오지 않았다. 눈이 서서히 어둠에 익숙해졌고, 아무것도 걸려 있지 않은, 사방의 텅 빈 벽들을 보며 생각했다. 누군가를 사랑하기 위해선 어둠 속에 자신을 내버려둘 용기가 필요한 게 아닐까. 너무 어두워서 도무지 아무것도 할 수 없을 것 같다가도, 시간을 견디면 결국에는 아주 느린 속도로 시야가 밝아지듯이. 캄캄한 마음을 가만히 들여다보는 일.

그때 방문이 스르륵 열리고, 수온이 빼꼼 얼굴을 들이미는 게 보였다. 수온은 꼼지락거리며 내가 덮고 있는 이불 속으로 들어왔다. 그러고는 내 배 위에 한쪽 팔을 얹고, 겨드랑이에 얼굴을 파묻었다. 따뜻했고, 조금 울고 싶었다.

수온은 금세 다시 잠든 것 같았다. 수온이 색색 숨을 내쉴 때마다 겨드랑이가 간지러웠다. 나는 몸을 돌려 수온을 꼭 껴안았다. 꼭 껴안는 것보다 더 껴안을 수 있다면 그렇게 하고 싶었다.

오! 상그리아

나의 주성분은 여덟 잔의 상그리아다.

　언젠가 엄마가 내게 그렇게 말했다. 너는 여덟 잔 상그리아
의 산물이라고. 그러니까 너는 취한 것처럼 살아야 한다. 취한
것처럼 어떤 것도 두려워하거나 어려워하지 말아야 한다.

　엄마가 마드리드에 머물던 시절이었다. 당시 엄마는 매일
저녁 마요르광장에 있는 노천카페의 한 테이블을 차지하고 앉
아, 낮이 밤으로 서서히, 아니 빠르다면 빠른 속도로 변해가는
광경을 지켜보며 상그리아 한 잔을 홀짝이곤 했단다. 엄마의
얘기는 이렇게 시작했다.

　그날은 상그리아 빛깔처럼 유난히 노을이 붉었지.

그래서인지 왠지 한 잔으로는 안 될 것 같았다고 한다. 달콤한 시에스타를 즐기고 난 사람들이 하나둘씩 광장으로 모여드는 늦은 오후, 혹은 어디서부터인가 음악소리가 들려오기 시작하고, 알코올 기운이 서서히 광장 전체로 퍼져나가는 이른 저녁. 이곳에서는 하루가 두 번 시작되는 셈이라고, 이렇게 오늘이 두 개인 곳에서는 내 젊음도 두 배의 속도로 사라지고 있는 게 아닐까, 그런 생각을 하던 엄마는 겨우 스물여섯 살이었다.

　하비에르 바르뎀을 닮았다는 그 남자는 세 테이블쯤 건너, 엄마처럼 혼자 앉아서 상그리아를 마시고 있었다. 누군가의 시선이 느껴져 고개를 돌렸을 때, 엄마는 자신을 지그시 바라보고 있는 그와 눈이 마주쳤다. 그 순간 그는 기다렸다는 듯 잔을 들고 곧장 엄마에게로 다가왔다.

　같이 마셔도 될까요?

　'낯선 이를 경계하라'를 여행의 제1원칙으로, '사람 함부로 믿지 마라'를 제2의 원칙으로 삼던 엄마였지만, 그날만은 뭔가에 홀린 듯 고개를 끄덕였다. 맞은편에 앉은 남자는 웨이터에게 일 리터짜리 상그리아 한 병을 주문했다. 엄마의 빈 잔에 붉은 술을 가득 따르고 난 그는 이글거리는 눈빛으로 엄마를 바라보았다는데…… 웩, 느끼해, 내가 소리쳤다. 엄마는 아랑곳하지 않고 말했다.

그렇게 쉬지 않고 여덟 잔을 마시고, 춤추는 사람들 틈에 끼어서 우리도 춤을 췄지.

엄마는 춤 같은 거 출 줄 몰랐지만, 그가 어찌나 리드를 잘하던지 마법 구두를 신은 것처럼 몸이 저절로 움직였다고 한다. 그렇게 춤을 추는 동안 밤은 깊어가고, 두 사람은 자연스럽게 엄마가 묵고 있던 싸구려 호텔방으로 향했다는데……

그럼 우리 아빠가 스페인 사람이란 소리야?

내 말에 엄마는 깔깔 웃기만 했다. 내게 스페인 혈통의 흔적 같은 건 눈 씻고 찾아봐도 한 방울도 없었다. 나는 엄마를 건너뛰고 할머니를 닮았다. 쌍꺼풀 없는 눈, 뭉툭하고 짧은 손가락, 커다란 귓불까지. 엄마는 엄마의 아버지, 그러니까 할아버지와 판박이라고 했다. 내가 태어나기도 전부터 안방 미닫이문 위에 걸려 있던 낡은 액자에는 할아버지와 할머니의 젊은 시절이 담긴 흑백사진이 몇 장 끼워져 있었다. 교복을 입고 반듯하게 서 있는 잘생긴 청년. 그걸 보면 엄마가 할아버지의 딸이라는 사실은 아무도 부정할 수 없겠다 싶었다.

할머니의 진술에 따르면 할아버지는 막걸리를 너무나 좋아해서, 집에 들어와서 잠드는 날보다 그렇지 않은 날이 더 많았다고 하는데, 그러던 어느 날 갓난아이를 하나 데리고 와서는 할머니에게 덥석 안겼고, 그게 우리 엄마였고, 말하자면 엄마의 주성분은 수십 말의 막걸리나 다름없다는 그런 이야기인데, 너무나 전형적이고 상투적인 서사여서 믿기 어려울 정도였다.

걸음마를 뗀 이후로 노상 집 떠날 생각만 했다는 엄마는 어렸을 때부터 가출을 밥먹듯이 했다고 한다. 첫번째 가출은 여섯 살 때. 엄마는 세발자전거를 타고 집을 나갔다가 버스로 세 정거장이나 떨어진 곳에서 발견되었다. 두번째 가출은 아홉 살 때. 친척 언니 집에 놀러간다며 할머니 돈주머니에서 버스비를 훔쳐 혼자 서울행 시외버스를 탔다고 한다. 서울까지는 무사히 도착했지만 그다음 일을 생각해두지 않았던 엄마는 터미널 대기실 의자에 하염없이 앉아 있다가 직원에게 미아로 의심받았다.

엄마는 울지도 않고 집주소와 전화번호를 술술 읊은 뒤, 집으로 돌아갈 버스비를 빌려달라고 했단다. 엄마는 착불로 돌아왔다. 터미널에서 기다리고 있던 할아버지가 기사에게 버스비를 지불했다고. 할아버지는 그런 엄마가 못내 대견했고, 할머니는 그런 할아버지가 못마땅했다.

세번째 가출부터는 순서를 매기지 못했다고 할머니는 말했다. 할아버지와 평생을 함께 산 할머니 입장에서는 엄마의 그런 역마살이 딱히 놀랄 일도 아니었고 해서, '그저 건강하게만 자라다오'가 엄마에 대한 할머니의 양육 모토였다고 하는데,

그래도 결국에는 건강한 것 이상으로 잘 자라주었다는 게 할머니의 전반적인 평가였다.

엄마가 밉지 않았냐고, 나 같으면 남들 안 볼 때 꿀밤을 한 대씩 때려줬을 거라고 내가 말했을 때, 할머니는 고개를 절레절레 저었다. 미운 건 남편이지 개가 무슨 죄냐고. 사실 미워해보려고 나름대로 노력은 했었다. 근데 그게 잘 안 되었단다. 아들 셋한테는 따끈한 고봉밥을 주고, 엄마에게는 먹다 남은 식은밥을 줘보기도 했다. 하지만 식은밥을 싹 비우고는 무슨 반찬이 젤로 맛있다는 둥, 엄마 요리 솜씨가 기가 막히다는 둥 말하는 건 막내 하나뿐이었다. 허다한 집안일에 손을 보태는 것도, 몸이 아플 때 할머니의 이마를 가만히 짚어보는 것도, 할아버지가 술에 취해 행패를 부릴 때 맞서 싸워주는 것도 엄마뿐이었다. 사랑받는 건 다 제 할 탓이다, 할머니는 내게 그렇게 말했다. 배 아파서 낳은 자식들보다도, 막상 깨물어보면 우리 엄마가 제일 아픈 손가락이었다고.

과수원집 외동아들이었던 할아버지는 돈을 질질 흘리고 다니는 타입이었지만, 할머니는 쌀집을 운영하면서 야무지게 살림을 단도리했다. 아들 셋을 대학에 보냈고, 그중 둘이 학교 선생이 되었으며, 다른 하나는 번듯한 회사에 들어갔다. 할아버지가 노름판과 기생집에 드나들며 물려받은 재산을 탕진하던 시절에도, 할머니 덕분에 식구들은 단 한 번도 셋방살이를 하지 않았다고 한다. 할머니에게 '집'은 최후의 보루였다.

세상을 떠나기 전, 할아버지는 형제들 몰래 이 집의 명의를 엄마 이름으로 돌려놓았다. 할아버지가 엄마를 유독 예뻐했다고는 하지만, 내가 보기엔 지독한 역마살을 물려준 데 대한 일종의 보상 차원은 아니었나 싶다. 혹은 그나마 마음놓고 돌아올 곳조차 없다면 영영 돌아오지 않을까봐 그랬을지도 모른다.

한옥이라고 하기에도 양옥이라고 하기에도 모호한, 새마을 운동의 역풍을 비껴 맞은, 조악하지만 튼튼한 일층짜리 주택. 현관문이 있으면서 마루가 있고, 입식 부엌이 있지만 마당에는 아궁이가 있는, 새파란 플라스틱 기와지붕과 초록색 대문을 가진 집이다. 할머니가 돌아가신 뒤, 나는 엄마가 주인인 이 집에서 대부분의 시간을 홀로 지냈다.

말하자면 나는 이 세상에 존재하게 된 순간부터 엄마에게서 시간과 공간을 제공받은 셈이었다. 따라서 나는 애초부터 엄마에게 속한 어느 차원을 살고 있었으나 정작 거기에는 엄마가 속해 있지 않았다. 엄마는 나와 전혀 다른 차원을 살고 있었다. 나는 늘 여기에 있었고, 엄마는 늘 여기가 아닌 어딘가에 있었다.

*

　아무데나 눕고, 아무때나 울고, 아무것도 겁내지 않는 사람.
어렸을 때부터 내게 엄마의 이미지란 주로 그런 것이었다. 희
미한 바람냄새, 거친 손, 더러운 운동화와 스위스제 맥가이버
칼, 낯선 옆얼굴이 새겨진 크고 작은 동전들, 서랍장 하나를
가득 채운 엽서들, 그리고 엽서 위에 갈겨쓴 듯한 글씨체로 적
혀 있던 내 이름. 엄마는 평범하게 전화를 하는 대신 엽서를
보냈다. 할머니와 나의 안부를 묻는 인사로 시작되어 만날 기
약 없이 안녕으로 끝나는 편지들.

　신호등 빨간불 앞에 선 성격 급한 운전자처럼, 엄마는 늘 액
셀을 밟지 못해 조급해했다. 혹은 상기된 걸스카우트 소녀처
럼 엄마는 언제 어디서든 텐트를 칠 준비가 되어 있었고, 또
순식간에 걷을 준비도 되어 있는 사람이었다. 그렇지만 정작
엄마가 하고 있는 것은 여행이라고 하기에는 모호한, 생활이
라고 하기에는 더욱 모호한 것이었고, 유랑이나 방랑이라고
하기에도 적당치 않았다. 그러나 적어도 분명한 것은, 때가 되
면 반드시 돌아왔다는 것이다. 금방 다시 떠나기는 했으나 돌
아오지 않은 적은 없었다. 할머니와의 약속 때문이다.

　무슨 수를 써서라도 엄마를 대학까지 졸업시키는 게 할머니
의 꿈이었다. 대학을 나오면 변변한 직장을 구할 테고, 거기

매인 팔자가 되면 언젠가 시집도 가고 손주도 데려오지 않을까 생각했던 것이다. 하지만 대학에 들어간 엄마는 학교를 다니는 척하면서 실은 악착같이 돈을 모았다. 집에서 보태준 등록금에다가 아르바이트로 번 돈을 더해 유럽 여행을 떠났다.

떠나기 전 엄마는 고향집에 들러 할머니를 앉혀놓고 말했다. 대학 졸업장은 필요 없다, 내게는 내게 어울리는 삶의 방식이 있을 거고, 나는 그걸 찾을 거다, 라고. 할머니는 엄마의 단호한 이야기를 듣고 오랜 꿈을 일시에 포기했다. 그리고 엄마에게 말했다. 떠나는 건 몇 번이라도 좋으니 돌아오기만 하라고. 두 사람은 그날 밤 새끼손가락을 걸었다.

명함 같은 건 없었지만 포털 사이트에 엄마 이름을 검색하면 어딘가에는 '여행가'로 어딘가에는 '여행 작가'로 나온다. 그리고 이미 절판된 책이 두 권 나오는데, 출판사 이름은 듣도 보도 못한 곳인데다 두 권 다 표지 디자인이 조악하기 짝이 없었다. 그중 하나는 『배낭 하나 달랑 메고』*라는, 유럽 여행기를 담은 책으로 표지에는 엄마가 찍은 것으로 추정되는 이런저런 명소의 사진들이 박혀 있었다.

그 가운데 엄마의 모습이 담긴 사진도 한 장 있었다. 사진

---

* 다음 책에서 제목을 차용. 김정미, 『배낭 하나 달랑 메고』, 햇빛출판사, 1988.

속 엄마는 부스스한 파마머리를 하나로 질끈 묶고 커다란 배낭을 멘 채로, 내가 모르는 외국어가 적힌 판지를 들고—아마도 어딘가의 지명일 것이다—히치하이킹을 하는 중이었다. 누군가 찍어준 것이 명백했으므로 전체적으로 부자연스러움이 넘쳐나고 있었지만, 화장기라곤 없는 엄마 얼굴에 떠올라 있는 그 생기는 결코 연출된 것이 아니었다.

88올림픽 이후 해외여행이 자유화되고, 젊은이들 사이에서 배낭여행 열풍이 일던 시절이었다. 엄마는 그중에서도 선봉에 서 있었다. 그때만 해도 여자 혼자 여행하는 것이 흔치는 않았던데다 제법 글솜씨가 있었던 엄마는, 여행에서 돌아온 후 모 신문에 여행기를 기고하기 시작했다. 그것이 연재로 이어지면서 나름대로 유명세를 탔다. 엄마는 글품을 팔아 여행을 계속했고, 초저녁에 방영되는 텔레비전 프로그램에서 국내 여행지를 소개하는 코너를 맡아 한동안 방송 출연도 했다. 그렇게 잘나가던 엄마가, 더는 사람들이 찾지 않는 존재가 된 건 어쩌면 나 때문인지도 모르겠다.

할아버지가 돌아가신 뒤 엄마의 형제들은 장성해서 하나둘 집을 떠났고, 결국 집에는 할머니 혼자 남았다. 약속대로 엄마는 어딘가로 떠났다가도 항상 돌아왔다. 할머니와 엄마는 함께 있는 동안 서로에게 최선을 다했다. 서로에게 익숙해지고 당연해지면 오히려 대화는커녕 눈길 한번 마주치기조차 어려워진다는 걸 할머니는 살아봐서 알고 있었다.

두 사람은 매일 끌어안고 잠들었고, 소주잔을 부딪치며 아주 오래전의 자질구레한 일들까지 끄집어내어 수다를 떨었다. 할머니는 세상에 없는 할아버지 흉도 보고, 경로당 할머니들 뒷담화도 실컷 했다. 엄마는 할머니가 한 번도 가보지 못한, 어떻게 그런 곳이 다 있을까 싶은 먼 나라의 이야기들을 잔뜩 들려주었다. 할머니는 엄마가 다시 떠날 때면 진심으로 아쉽기는 했어도 말리지는 않았다. 손가락 걸고 약속했으니까. 홀로 남겨진 시간 또한 엄마가 돌아온다는 기대감으로 그럭저럭 견딜 수 있었다.

하지만 그러던 어느 날, 엄마가 갓난아이를 하나 데리고 와서는 할머니에게 덥석 안겼고, 그게 나였다. 지독한 숙취 같은 계보. 할머니는 각종 알코올의 최대 희생자라고 할 수 있었다.

그로부터 나는 자연스럽게 할머니 손에서 자랐다. 아, 물론 엄마도 내가 두 살이 될 무렵까지는 집을 떠나지 않았다고 한다. 할머니 얘기에 따르면 그때 엄마는 내게도 최선의 최선을 다했다는데, 내가 아무리 노력해도 엄마를 미워할 수 없는 건 아마도 그 때문인 것 같다. 무력했던 갓난아이 시절, 내가 내 존재 전부를 걸었던 사람이 다름 아닌 엄마라는 것, 그때 엄마가 내게 준 온기와 애정이 내 안에 인장처럼 박혀 있기 때문은 아닐까.

하지만 엄마가 사람들에게서 잊히기 시작한 것도 그때부터였다. 엄마의 커리어가 나 때문에 발목이 잡힌 거나 다름없는데, 그러므로 엄마는 나를 조금쯤은 원망하지 않았을까. 아니면 스스로를 원망했을까. 아니면 여덟 잔의 상그리아를. 내 아버지가 하비에르 바르뎀을 닮은 스페인 사람이라는 얘기는 어차피 믿을 수도 없지만, 할머니 얘기로는 그게 아니었다.

엄마의 첫사랑은 이 동네 철물점 부부의 둘째 아들이었다. 동갑내기인 그와 엄마는 고등학교 시절 연인이었는데, 한번은 두 사람이 함께 사라져 난리가 난 적이 있었다. 엄마의 남자친구는 학교에서 세 손가락 안에 꼽을 정도로 전도유망한 청년이었다고 한다. 그런 아들이 여자친구 따라 가출을 했다고 생각한 철물점 부부는 할머니를 찾아와 행패를 부렸다. 할머니는 머리를 조아리며 거듭 사과했다. 내가 딸을 잘못 키웠다, 다시는 이런 일이 없도록 돌아오면 단단히 잡도리를 하겠다고. 하지만 한편으로는 한창 젊은 연인이 잠시 사랑의 도피를 하는 게 뭐 그리 큰 잘못일까 싶기도 했다.

두 사람은 딱 사흘 만에 돌아왔다. 철물점 여편네가 찾아와 엄마의 머리채를 잡고 흔드는데 엄마는 울지도 않고, 용서를 구하지도 않았다. 뻔한 텔레비전 드라마처럼 이제는 만남 금지, 그러나 장애물이 있을 때 더 불타오르는 그런 사랑은 아니었는지, 그렇게 서로 잊고 잘 지내는가 싶었다. 한데 십 년쯤 지난 어느 날, 두 사람이 동네 골목길에서 우연히 다시 마주쳤다는 이야기. 남자는 곧 결혼을 앞두고 있었다. 그렇게 두 사람은 또다시 사랑의 도피를 감행했다는데.

이번에는 일주일 만에 돌아왔고, 그것으로 끝이었다. 둘은 다시 남남이 되었다. 남자는 결혼해서 아이 셋을 낳고 행복하게 산다고 했다. 할머니는 내게 말했다. 아무래도 네 아버지는 그놈인 것 같다고. 아무리 추궁을 해도 엄마가 기다, 아니다 대답을 하지 않아서 할머니도 더는 묻지 않았다고 한다. 남편이란 건 있어봐야 속만 썩이지, 엄마 혼자 행복하게 살면 그것으로 장땡이라고 생각했다나.

철물점은 이미 사라진 지 오래였고, 우연히 마주친다고 해도 나는 그가 누구인지 알아보지 못할 것이 분명했다. 상그리아 스토리보다는 할머니 얘기 쪽이 더 신빙성이 있었으나 그게 사실인지 아닌지 알 수 없기는 매한가지였다. 나도 내 아버지가 누군지 궁금하기는 했지만, 한편으로는 그가 형편없는 사람일까봐, 나의 온갖 결점들을 그에게서 발견하게 될까봐 두렵기도 했다. 그래서 나는 줄곧 아무래도 상관없다는 식의 태도를 유지했다. 실제로도 별 상관이 없었는데, 내게는 할머니 하나로 충분했기 때문이다.

할머니와 나, 두 사람만으로도 집은 충분히 따뜻했다. 엄마는 '거의 없는', 혹은 '가끔 있는' 사람으로, 마치 초대받지 않은 손님처럼 어느 날 불쑥 나타났다가 어느 날 갑자기 사라지곤 했다. 아주 가끔이지만 집에 돌아오면 엄마는 여느 여행지의 숙소에서 하듯 잠시 여장을 풀고, 눈을 붙이고, 끼니를 때웠다. 그리고 그렇게 잠시 머무는가 싶다가는, 곧 또다시 주섬주섬 떠날 채비를 했다.

엄마가 어떻게 생계를 유지하는지 나는 잘 알지 못했다. 나름대로 터득한 방황의 요령이나 기술들을 팔아 근근이 살아가고 있는 모양이었고, 이따금씩 돈을 보내오기도 했지만 액수는 미미했다.

그래도 할머니는 엄마가 나타나는 날이면 제사 때보다도 음식을 더 많이 차렸다. 뭐가 예쁘다고, 내가 삐죽거리면 할머니는 말없이 웃기만 했다. 엄마는 당연하다는 듯이 차려진 음식들을 먹어치우고, 그간 일어났던 일들을 쉬지 않고 떠들었는데 할머니는 지치지도 않고 맞장구를 쳤다. 두 사람은 수다를 떠느라 밤을 잊었다. 일부러 방안에 틀어박혀 꼼짝 않던 내가 무의식중에 엄마 목소리에 귀를 기울이고 있었다는 사실을 엄마는 몰랐을 것이다. 한편 내가 오랫동안 몰랐던 것은, 할머니가 그렇게 한 상 가득 차려낸 음식들을 기어코 다 먹어치우는 것이 엄마에겐 나름대로 고역이었다는 사실이다.

사랑받는 것은 제 할 탓이라고, 엄마가 할머니에게 사랑받는 것을 지켜보고 있으면 응당 그럴 만하다는 생각이 들기는 했다. 어쩌나 살갑게 구는지, 할머니는 엄마와 있을 때면 열 살은 더 젊어진 것처럼 팔팔해지곤 했다. 나는 그리 다정한 손녀가 못 되었는데도, 할머니가 내게 준 모자람 없는 사랑은 어쩌면 엄마로 인해 솟아나, 엄마에게 다 돌려주고도 남은 것이 아닐까 싶었다.

할머니가 돌아가셨을 때, 엄마는 열네 시간의 비행 끝에 장례식장에 도착했다. 내내 울었는지 얼굴이 퉁퉁 부은 채로. 일 년에 한두 번 고향집에 모습을 비출까 말까 하던 삼촌들은 할머니가 갑작스럽게 돌아가신 것이 마치 엄마 탓인 양 굴었다. 그러니까 결혼도 하지 않고, 출근할 직장도 없는 엄마가 할머니를 돌봐야 했던 게 당연하고, 그 책임을 방기했다는 식으로. 집도 네가 물려받았으면서, 이제껏 생활비 몇 푼 보태지 않으면서, 우리 엄마한테 제 자식까지 갖다 맡기고, 네가 누리고 싶은 것은 다 누리고, 너 혼자 그렇게 평생을 자유롭게, 맘 편하게, 제멋대로…… 그런 식의 이야기들. 마치 자신들이 엄마를 위해 뭔가를 희생했다는 듯이.

엄마는 그냥 가만히 듣고 있었다. 나는 딱히 엄마를 편들 생각도 없었는데, 듣다보니 점점 화가 났다. 엄마가 할머니를 얼마나 행복하게 했는지, 할머니가 엄마를 얼마나 사랑했는지 하나도 알지 못하는 인간들이 함부로 지껄이는 것을 참을 수 없었다. 나는 길길이 날뛰었다. 그러는 당신들은 뭘 했는데? 할머니에 대해서 아무것도 모르면서. 할머니한테 먼저 전화 한번 건 적 없으면서! 내가 식식거리자 삼촌들은 기가 찬다는 얼굴로 나를 처다보았다. 엄마가 나를 끌고 화장실로 갔다.

이제 보니 이거 완전 쌈닭이네?

엄마가 어이없다는 듯 웃었다.

누구 닮았겠어?

내 말에 엄마가 난 아닌데, 난 쌈닭 아닌데, 했다.

어쨌든 네가 그러면 그 엄마에 그 딸이란 소리 듣는 거야. 그냥 입다물고 가만히 있어.

엄마가 말했다.

취한 것처럼 살라며. 아무것도 겁내지 말라며.

내가 대구하자 엄마는 내 두 손을 꼭 붙잡더니 말했다.

그래, 하지만 아깝지 않니? 그런 데 쓰기에는 시간도, 에너지도.

생각해보니 그랬다. 어차피 그들과 나는 남남이나 다름없었다. 할머니도 안 계신 마당에 삼촌들이 나와 연락하며 지낼 이유가 없었다. 원래도 삼촌들은 엄마를 친동생처럼 대하지 않았고, 엄마의 자식인 나도 친조카처럼 여기지 않았다. 나는 그런 관계가 줄곧 불편했는데, 오히려 잘된 일이다. 오늘 이렇게 미친년처럼 굴었으니 다시는 얼굴 맞댈 일 없겠지.

그냥 한 귀로 듣고 한 귀로 흘려, 엄마가 말했다.

우리는 지금 할머니 보내드리는 거니까. 싸우지 말자.

나는 고개를 끄덕였다.

장례를 마치고 엄마는 한동안 나와 함께 집에 머물렀다. 할머니가 없으니 엄마와 함께 있어도 집이 썰렁했다. 때마침 친구가 강아지를 분양한다기에 한 마리 데려왔다. 레트리버 잡종으로 이름은 '사랑'. 이름을 붙인 엄마는 그 '사랑'이란 것이 바로 자신의 상징이자 기호라고, 아니 모든 것이라고 했다.

사랑. 언제나 주제는 사랑이었다. 엄마는 자신이 그렇게 죽어라 떠나야만 하는 이유는 바로 사랑이 너무 많아서라고 했다. 굳이 돌아오는 이유 역시 사랑이 너무 많아서, 다 둘 데가 없어서라고. 엄마는 늘 자신이 8개 국어를 할 수 있다면서 허풍을 떨곤 했는데, 내가 도저히 못 믿겠다고 할 때마다 언제나 '사랑해'를 여덟 가지로 줄줄 읊었다. 아이 러브 유, 주 템 므, 이히 리베 디히, 워 아이 니, 아이시테루, 티 아모, 테 키에로, 야 바스 류블류……

그 정도는 나도 할 수 있다고, 그 말밖에 모르는 게 아니냐고 따지면, 엄마는 그것이 세상에서 제일 중요한 말이며, 또 그 말만 있으면 온 세상이 하나인 것과 다름없는데 다른 말이 뭐가 필요하냐고 했다. 다른 말은 모르는 게 분명했다.

*

그날 집에 돌아왔을 때, 거실 소파에 웅크리고 잠들어 있던 엄마를 보고 나는 별로 놀라지도 않았다. 이번에는 거의 이 년 만이었다. 피부는 좀더 가무잡잡해졌고 주름도 확실히 늘어나 있었지만, 이전과 비교해서 특별히 더 초췌하지는 않았다. 그러니까 평소와 다름없는 초췌함으로 엄마는 무릎 사이에 손을 포갠 채 누워 있었다.

낡은 배낭과 카메라 가방이 소파에 기대어져 있었고, 테이블 위에는 티벳풍의 전통의상을 입은, 약간 섬뜩하게 생긴 인형 하나가 놓여 있었다. 좁은 집에 더는 놓을 자리도 없는데 엄마는 올 때마다 뭐라도 기념품 하나를 꼭 가져왔다. 청동으로 된 코끼리, 물소 뼈로 만들었다는 기하학적인 모양의 장식품, 벽의 절반을 채우는 커다란 부채 등등. 이왕이면 약간이라도 쓸모가 있는 걸로 사오라고 아무리 일러도 매번 똑같았다. 덕분에 집안은 마치 큐레이터조차 포기해버린 몹쓸 박물관처럼 보였다.

나는 인형을 집어들어 이리저리 살펴보았다. 한 뼘 정도 되는 키에 눈만 그려진 하얀 얼굴, 털실로 엮은 검은 머리카락, 붉은색 드레스, 팔과 다리는 없었다. 나는 인형의 얼굴이 내게로 향하지 않도록 조심스레 테이블 위에 내려놓았다.

내가 샤워를 마치고 나올 때까지 엄마는 그대로 잠들어 있었다. 소파에 등을 기대고 바닥에 주저앉았다. 텔레비전을 틀고, 볼륨을 낮게 줄였다. 쇼 프로를 보며 내내 킥킥거리는데도 엄마는 아무런 미동이 없어서, 나는 잠시 손을 내밀어 엄마 코 밑에 대보았다. 따뜻했다.

나는 냉장고에서 캔맥주 하나를 가져왔다. 딱, 하고 캔을 따는 동시에 거짓말처럼 엄마가 눈을 떴다. 엄마는 소파에서 몸을 일으키더니, 아무 말 없이 내 목을 바짝 껴안았다. 집안에 들어온 지가 한참인데도 엄마 몸에서는 여전히 바람냄새가 났다.

코가 기억하는 엄마의 냄새가 있다면, 그건 바로 바람냄새다. 바람 속에 서 있을 때 그것은 아무런 냄새가 없는 것 같다가도, 분명하게 몸에 스며들었다가는 바람 없는 곳에서 그 향을 퍼뜨린다. 엄마 때문에 알게 된 사실이다. 어딘지 모르게 비릿하면서도 완벽하게 싱싱한 그 냄새. 엄마는 곧 포옹을 풀고 내 얼굴을 한참 동안 꼼꼼히 들여다보더니 불쑥 말했다.

아이크림 바르니?

어이가 없었다. 엄마는 아랑곳하지 않고 말했다.

너 그거, 미리미리 발라야 된다. 엄마를 봐라.

엄마나 열심히 발라.

내가 퉁명스럽게 대꾸하자 엄마는 말했다.

이제 와선 소용없다니까.

내가 알기로 엄마가 피부에 바르는 거라곤 자외선 차단제와 벌레 퇴치제뿐이었다.

나는 냉장고에서 캔맥주를 하나 더 가져와 엄마에게 건넸다. 우리는 맥주를 홀짝거리며 나란히 소파에 앉아서, 어째서인지 텔레비전의 볼륨을 도로 키울 생각은 못한 채 그 작은 소리에 애써 귀를 기울이면서도, 한편으로는 거실 한가운데 떡하니 놓여 있는 침묵을 의식하느라 텔레비전에서 무슨 내용이 나오는지 하나도 모르고 있었다.

원래 우리 사이엔 별로 대화가 없었다. 엄마는 할머니에게 했던 것처럼 길 위에서 겪은 수많은 이야기들을 내게 들려주고 싶어했지만 나는 듣고 싶어하지 않았고, 때로는 반대로 자신이 길 위에서 보낸 그 수많은 날들 동안 내가 도대체 어떤 모양으로 살아왔는지를 듣고 싶어했지만 나는 하고 싶은 이야기가 없었다. 그러므로 대화는 여간해선 이어지지 않았다.

텔레비전 소리보다도 벽시계의 초침소리가 점점 더 커져가고 있을 때쯤, 선물 봤어? 하고 엄마가 테이블에 놓여 있는 인형을 가리키며 말했다.

어때?

음……

별로야?

응.

엄마는 그럴 줄 알았다는 듯한 표정을 짓더니, 인형을 집어들어 내게 획 던졌다. 나는 그것을 받아서 또다시 얼굴이 내게 향하지 않도록 테이블에 도로 올려놓았다.

며칠 뒤, 나는 엄마의 배낭이 빨랫줄에 매달려 있는 것을 목격했고, 배낭의 원래 색깔이 무엇이었는지 알았다. 엄마가 배낭을 빨아 널어둔 건 처음이었다. 일을 마치고 집에 돌아오면 엄마는 컴퓨터 앞에 앉아서 카드 게임을 하거나 텔레비전을 틀어놓고 소파에서 졸고 있었다. 마치 한 번도 집을 떠나지 않았던 사람처럼. 우리는 함께 밥을 차려 먹고, 가끔 치킨을 시켜 먹고, 텔레비전을 보며 깔깔거렸다. 이번에는 한동안 머물 셈인지, 혹은 이제 다 끝난 것인지 궁금했지만 물어볼 수는 없었다. 입 밖에 내는 순간 뭔가가 깨져버릴 것 같았다. 이따금 불안하고 조급한 마음이 들었고, 엄마를 앉혀놓고 또다시 새끼손가락이라도 걸고 싶었지만 꾹 참았다.

애 임신한 거 아냐?

어느 날 엄마가 사랑이의 배를 만져보더니 소리쳤다. 엄마는 아침마다 사랑이를 산책시킨 후에 녀석을 마당에 풀어놓곤 했는데, 한번은 대문이 살짝 열려 있는 것을 모르고 한눈을 판 사이 사랑이가 집을 뛰쳐나갔다고 한다. 그 사실을 깨달은 엄마가 찾으러 나가야 하나 기다려야 하나 잠시 고민하는 사이, 사랑이는 아무 일 없었다는 듯 슬그머니 집으로 돌아왔다. 임신했을 거라고는 짐작도 하지 못했다.

과연, 얼마 지나지 않아 새끼 여덟 마리가 태어났다. 그중 네 마리가 검은색이어서 옆집 검둥개를 아비로 추정했을 따름이다. 그날 엄마는 사랑이를 위해 간을 하지 않은 미역국을 끓였다. 미역국이라면 내 생일에도 단 한 번 끓여준 적 없는 것이었다. 그보다 더 놀라운 것은 엄마가 사랑이가 임신해 있는 그 두 달 내내 집에 머물렀다는 사실이다.

엄마와 나는 갓 태어난 여덟 마리 강아지들에게 어떤 이름을 붙여야 좋을까 한참 고민하다가, 계이름 '도'부터 높은 '도'까지의 이름을 붙여주기로 했다. 우리는 녀석들을 부를 때 '도레미파솔라시도'처럼 한꺼번에, 아니면 '도미솔도' 하는 식으로 화음을 넣어 한 번에 부를 수 있을 거라며 즐거워했다. 녀석들을 부를 때마다 아주 짧지만 새로운 노래를 부를 수도 있을 거라고.

처음에는 하나같이 애벌레처럼 꼬물거릴 뿐, 누가 누구인지 구별이 안 되었다. 하지만 하루하루 커갈수록 특징이 분명해져서, 우리는 녀석들에게 어울리는 음을 하나씩 제대로 나누어줄 수 있게 되었다. 그러니까 아무래도 '도'같이 생긴 녀석이 '도'였고, '레'같이 생긴 녀석이 '레'였다.

봄날의 마당에서 여덟 개의 음들이 반짝거리며 뛰어다녔다. 내가 기억하기로는 그 봄이, 할머니가 돌아가신 이래 가장 북적거리고 소란했던 계절이다. 마루에 앉아 사랑이와 여덟 마리 새끼들이 마당을 헤집고 돌아다니는 것을 가만히 지켜보고 있으면 다른 생각이 잘 안 났다. 어린것들은 그 자체로 사랑이라고 엄마는 말했다. 사랑이는 틈틈이 우리의 존재를 그제야 깨달았다는 듯 우리에게 달려와 축축한 콧잔등을 들이밀었다.

하지만 얼마 지나지 않아 '미'가 시름시름 앓기 시작했다. 미는 여덟 마리 중에서 제일 체구가 작았다. 엄마는 미를 병원에 데려갔지만 의사는 너무 늦었다고 했다. 미가 그동안 도레-파솔라시도에 밀려 엄마 젖을 제대로 섭취하지 못했다는 것이었다. 다리는 휘어진 채로 굳어졌고, 신장과 간이 너무 나빠져서 어떻게 손써볼 도리가 없다고. 엄마는 영양제를 주사하기 위해 어렵게 혈관을 찾는 동안 미의 눈동자가 서서히 빛을 잃어가는 것을 지켜보았다. 병원에서는 죽은 미를 천으로 싸서 미의 몸보다 훨씬 커다란 스티로폼 상자 안에 넣어주었지만, 그 상자가 이 조그만 주검에 절대로 어울리지 않는다고 생각한 엄마는 차갑게 식은 미를 가슴에 꺼안고 집으로 돌아왔다.

나는 말없이 사랑이의 목덜미를 쓰다듬었다. 녀석은 다 안다는 듯 축 처진 눈을 하고 나를 올려다보았다. 엄마는 마당 한구석을 가리키며, 삽으로 작고 깊은 구덩이를 파고 미를 묻었다고 했다. 가까이 가보니 길이가 다른 두 개의 나뭇가지를 고무줄로 엮어 만든 조그만 십자가가 꽂혀 있었다. 나는 잠시 쪼그리고 앉아 묵념했다. 그동안에도 도레-파솔라시도는 천진한 얼굴로 내 다리 사이를 파고들었다. 나는 이제 어떤 노래는 완전히 부를 수 없게 되었다고 생각했고, 다소 절망했다.

장례 파티를 하자, 엄마가 말했다.

장례인데 왜 파티를 해.

애, 멕시코에서는 망자의 날에 어마어마하게 축제하는 거 알지?

그러더니 덧붙였다.

아까 낮에 상그리아를 만들었어.

그냥 술을 마시고 싶었던 게 아닌가 생각했지만 잠자코 있었다. 그래, 파티라도 하지 않으면 미의 죽음은 너무 쉽게 잊힐지도 몰라. 내가 이미 잊은 것들을 생각하니 갑자기 두려워졌다.

집안으로 들어간 엄마는 곧 붉은 액체가 담긴 커다란 병과 유리잔이 놓인 쟁반을 들고 나타났다. 언제 틀었는지 오디오에서 내가 모르는 언어로 된 멜로디가 흘러나왔다. 엄마는 내게 잔을 건네고 상그리아를 부었다. 색색의 과일조각들이 와인과 함께 쏟아져나오면서 향긋한 냄새가 진동했다. 엄마가 잔을 내밀며 말했다.

잊어버리기 전까지는 최선을 다해 기억하자.

그 말은 동시에 내게 이렇게 들렸다. 잃어버리기 전까지는 최선을 다해 사랑하자. 나는 대답 대신 잔을 맞부딪쳤다. 우리는 마루에 걸터앉아, 형제 하나가 사라졌다는 사실 따위는 알지 못한 채, 아니, 이미 세상을 떠난 것들과는 완전히 무관하다는 듯이 뛰노는 도레-파솔라시도를 바라보며 상그리아를 홀짝였다. 그때 문득 엄마가 입을 열었다.

실은 스페인 사람이 아니었어. 한국 사람이었어.

엄마가 이어 말했다.

그 사람도 나처럼 혼자 상그리아를 마시고 있었지.

눈이 마주쳤을 때, 엄마는 자리에서 일어나 남자에게 다가갔다고 한다.

같이 마셔도 될까요?

남자는 희미하게 웃으며 고개를 끄덕였다. 수줍게 미소 짓던 그 남자는 모 대학교 3학년생으로, 방학을 맞아 홀로 배낭여행중이라고 했다. 엄마보다 두 살 연하였다. 두 사람은 이런

저런 이야기를 나누며 상그리아 여덟 잔을 마셨다. 순식간에 사랑에 빠졌고, 그날부터 두 사람은 함께 여행했다. 취한 것처럼 몽롱했던 나날들.

아, 숙박비를 아낄 수 있었던 것도 좋았지. 절반씩 나눠 냈으니까.

엄마는 덧붙였다.

그런데 어느 날 아침 잠에서 깨보니 아무도 없더라. 흔적이라고는 머리카락 한 올도 없었어. 꿈을 꾼 건가 싶었지.

엄마는 잔을 빙빙 돌리며 꿈꾸는 듯한 목소리로 말했다.

근데, 꿈이 아니란 걸 금방 알았어. 복대에 넣어둔 돈이 없어졌더라.

엄마가 킥킥거렸다.

치, 다 거짓말이지?

엄마는 대답하지 않고 말을 돌렸다.

근데 너, 상그리아가 무슨 뜻인지 알아?

나는 고개를 가로저었다. 상그리아의 어원은 '피'라는 뜻의 '상그레(sangre)'. 그날 그 사람이 알려준 거야, 하고 엄마가 말했다. 상그리아. 뜻에 비하면 퍽 상큼한 발음이었다.

커다란 유리병이 다 비어가도록 둘 중 누구 하나 안색이 변하지 않았다. 그 엄마에 그 딸이었다.

내가 삼대째 물려받은 것은 알코올에 대한 내성, 돌아온다

는 약속, 어쩌면 사랑. 우리는 알아들을 수 없는 노랫말에 오
랫동안 귀를 기울이고 있었다.

내 할머니의 모든 것

버스 창밖으로 그녀를 본 것 같다. 아니, 그녀의 코트를 보았다고 해야 할까. 고급스러운 커쿤 실루엣, 헤링본 무늬의 밤색 울 코트. 내가 잠시나마 탐냈던 것.

나는 오래된 물건을 좋아한다. 쉽게 가질 수도, 쉽게 버릴 수도 없는 것을. 다만 소재가 좋아야 하는데, 그래야 낡아도 그 낡음이 초라함이 아니라 나름의 멋과 향취로 느껴지기 때문이다. 나의 외할머니, 배정심 여사의 소장품들은 대개 그런 것들이었고, 그 코트도 그랬다. 언젠가 그녀의 허락을 구해 나도 한번 걸쳐본 적이 있다. 내 무릎 정도 오는 기장이었지만, 할머니에게는 발목까지 내려왔다. 그래도 그 코트는 나보다 할머니에게 훨씬 더 근사하게 어울렸다.

하지만 지금은 사월이고, 부쩍 더워진 날씨에 반소매 차림으로 돌아다니는 사람들도 눈에 띄는 마당에 두꺼운 겨울 코트를 걸친 백발의 할머니라니. 그녀는 이십 인치쯤 되어 보이는 검은색 캐리어를 끌고 있었다. 마치 다른 시대, 다른 계절에서 이곳에 막 도착한 사람처럼 보였다. 물론 그녀는 나의 할머니가 아닐 수도, 그 누구의 할머니도 아닐 수 있었으나, 한편으로는 다른 누구도 아닌 배정심 여사일 수밖에 없다는 생각도 동시에 들었다.

그럼에도 불구하고 나는 재빨리 버스를 세우지 못했다. 버스에서 내려 그녀를 향해 뛰어가지 못했다. 내게는 그것이 일종의 침범처럼 느껴졌기 때문에. 이곳은 한낮의 도로, 수십 명이 활보하는 도시의 길거리인데도 그랬다.

그녀에게는 그런 힘이 있었다. 자신을 둘러싼 세계를 자신의 영역으로 만들어버리는 능력이랄까. 본인의 의도와는 상관없이 그런 기운을 타고나는 이들이 있다는 걸 나는 알고 있고, 할머니도 그중 하나라는 것을 나는 첫 만남에서부터 눈치챘다.

*

배정심 여사. 1947년생. 정 정情에 깊을 심深 자를 쓴다. 그

94

녀가 본인의 노트마다 붓펜으로 근사하게 적어놓았기 때문에 나도 알고 있다. 아마도 '정이 깊다'는 뜻일 텐데, 그녀는 오래 전에 자식들을 버리고 떠나 사십 년 가까이 연락 한번 없었으니 아이러니한 일이다.

엄마와 삼촌은 그들 친할머니의 보살핌을 받으며 자랐고, 그들의 아버지와는 특별히 친밀하지는 않았으나 돌아가실 때까지 원만한 관계를 유지했다. 점잖지만 속을 알 수 없는 사람, 이라는 게 외할아버지에 대한 나의 인상이었다. 한편 외할머니에 관해서라면 누구에게서도, 어떤 이야기도 들은 적이 없었다. 가족들은 외할머니가 마치 처음부터 존재하지 않았던 것처럼 굴었으므로, 결국 내게는 존재하지 않는 것과 마찬가지였다. 엄마는 자신이 알에서 태어났다고 했다.

내가 배정심 여사를 처음 본 것은 지금으로부터 불과 이 년 전의 겨울로, 그녀는 그때도 그 밤색 코트를 입고 있었다. 체구는 작았지만 허리가 곧았다. 백발의 단발머리는 곱슬기가 있어 자연스럽게 구불거렸다. 진녹색의 클로시 해트와 토끼털 목도리. 고가는 아니지만 명품이라고 할 수 있는 브랜드의 로고가 박힌 심플한 가죽장갑과 클러치. 세월의 흔적이 느껴지기는 했으나 하나같이 좋은 물건이었고, 다른 보석이나 액세서리를 착용하지 않았는데도 충분히 화려해 보였다.

어쨌거나 험난한 인생을 살아오지는 않았나보다고 생각했다. 그녀는 마치 은퇴한 교수, 혹은 경력이 오래되어 다들 선생님이라고 부르는 화가나 작가처럼 보였다. 그러나 실제로 그녀가 어떤 삶을 꾸려왔는지는 엄마도 나도 전혀 아는 바가 없었다. 그녀는 말수가 적었고, 조금 더 가까워진 후에도 본인의 삶에 대해 우리에게 어떤 이야기도 들려주지 않았다.

다만 후에 내가 알게 된 것은, 그날 할머니는 자신이 가진 최선의 것들을 몸에 걸치고 나왔다는 사실이다. 최선의 것들이자 유일한 것들을. 단 한 벌의 코트, 하나의 모자, 하나의 목도리, 한 켤레의 장갑. 나는 뒤늦게야 그녀가 살아온 삶의 방식을 감히 짐작해볼 수 있었다. 최소한의 최선. 그것이었다.

*

그해 가을, 삼촌이 세상을 떠났다. 심장마비였다. 일터에서 쓰러졌고, 갑작스러운 죽음이라 누구도 마음의 준비가 되어 있지 않았다. 유품을 정리하러 엄마와 함께 갔던 삼촌의 빌라에는 그날 저녁에 돌아올 것을 확신했던 삼촌의 방심으로 가득했다. 채 다 비우지 못한 캔맥주 하나가 거실 테이블 위에 있었고, 냉장고 안에는 먹다 남은 치킨이 있었다. 침대의 이부자리는 삼촌의 몸이 빠져나온 모양 그대로였으며 개수대에는 설거짓거리가 쌓여 있었다.

삼촌이 대단한 자산을 소유했던 건 아니지만 그 빌라는 삼촌 것이었고, 애인은 없었으나 결혼 자금으로 꽤 많은 액수를 적금해왔다고 들었다. 어쨌든 삼촌은 미혼이었기 때문에, 상속 일 순위는 누나인 우리 엄마가 아니라 어머니 배정심 여사였다. 엄마는 삼촌의 죽음을 계기로 오래전에 헤어진 자신의 엄마와 재회하게 될 것이라고는 전혀 예상하지 못했다. 그래도 엄마는 평정심을 유지했고, 할머니가 도리에 맞게 상속을 포기하기를, 서로 얼굴 붉힐 일이 생기지 않기를 바랐다.

엄마를 대신해서 법원이 할머니를 찾아주었다. 놀랍게도 배정심 여사는 엄마와 내가 사는 집에서 차로 불과 십오 분 떨어진 거리의 조그만 아파트에 살고 있었다. 이혼할 때 위자료 조로 해주었다는 그 아파트에 대해, 엄마는 할아버지에게서 듣기는 했지만 정확한 위치는 모르고 있었다.

다행히도 할머니는 상속을 포기한다는 의사를 밝혀왔고, 서로 만나지 않은 채로 일이 마무리될 수도 있었다. 그런데 엄마는 그녀를 만날 거라고 했다. 그러기로 했다고. 엄마는 둘 중 누가 만남을 제안했는지 내게 말해주지 않았지만, 나는 그게 엄마일 거라고 짐작했다.

사십 년 만의 해후를 마치고 돌아온 엄마에게 소감을 물었

을 때 엄마는 나쁘지 않았다, 고 덤덤하게 대답했다. 엄마는
감정에 쉽게 휘둘리지 않는 사람이었지만, 할머니의 사소한
행동 하나에도 예민하게 반응할 준비가 되어 있었다. 다시 보
지 않을 이유를 만들고 싶었으므로.

할머니에 대한 엄마의 기억은 희미한 편이었다. 생기가 느
껴지는, 제법 선명한 편린들도 있었지만 사실로 확신하기는
어려웠다. 무엇보다 인간은 세월을 타고 변한다. 사십 년은 긴
세월이다. 엄마는 이제 곧 만나게 될 인간에 대해 어떤 예상이
나 기대도 하지 않으려고 마음을 다잡았다. 하지만 그런 의지
가 무색할 정도로 할머니는, 괜찮았다.

부유해 보이지는 않았으나 행색이 말끔하고 말투가 또렷한
점. 새로 가정을 꾸리지 않고 평생 독신으로 산 점. 특히 엄마
에게 생판 남을 대하듯 깍듯했으며, 엄마가 말을 놓으라고 요
청할 때까지 반말을 하지 않은 점 등이 엄마의 마음에 들었다.

할머니는 삼촌의 죽음을 알지 못했으므로 당연히 장례에 올
수 없었는데도 엄마에게 사과했다. 그러나 과거 자신의 선택
에 대해서는 미안한 감정을 일절 내비치지 않았고, 그 역시 엄
마에게 높은 점수를 샀다. 이제 와 눈물로 사죄라도 했다면 참
기 힘들었을 거라고 엄마는 말했다.

배정심 여사는 엄마가 어떻게 살아왔는지 묻지 않았고, 엄
마도 마찬가지였다. 다만 할머니는 삼촌이 어떤 사람이었는가

물었다. 반듯하고 정이 많은 사람이었다, 고 엄마는 대답했고 할머니는 고개를 끄덕였다.

*

할머니는 마지막으로 집을 나간 뒤 삼 년이 지나서야 할아버지를 찾아와 이혼을 요구했다고 한다. 그때도 자식들은 보지 않고 할아버지와 다방에서 따로 만났다. 다른 남자가 생겼냐는 할아버지의 질문에 할머니는 고개를 저었다. 자신은 혼자 살고 싶어서 집을 나온 것이지마는 할아버지의 재혼 길을 막고 싶지는 않으니, 이만 이혼을 하는 것이 좋겠다고 할머니는 말했다. 할아버지는 더는 말을 보태지 않았다. 그러고는 한사코 마다하는 할머니에게 어쨌든 그간 애 둘 낳고 함께 살아준 것이 고맙다며 작은 아파트 한 채를 해주었다고. 그러나 할아버지 역시 평생 재혼하지 않았다.

나는 네 엄마를 미워하지 않는다고, 할아버지는 할머니가 다녀간 후 엄마를 앉혀놓고 말했다. 갈 길이 다른 사람들이 있는 것이다. 서로 잠시 엇갈릴 수는 있겠으나 아닌 인연을 붙드는 것은 괴로움만 더할 뿐이다.

열두 살이었던 엄마는 자신이 아버지의 말을 이해할 정도로 충분히 어른스럽다고 생각했다. 엄마는 나를 버린 것이 아니다. 엄마는 엄마의 길을, 나는 나의 길을 가는 것뿐이다. 엄마는 할아버지를 레퍼런스로 하는 이 '갈 길이 다른 사람들'이라는 표현을 좋아했는데, 아빠와의 이혼 소식을 내게 알릴 때도 그렇게 말했다. 네 아빠랑 나는 갈 길이 다른 사람들이야.

엄마는 할머니에 대해 아무런 감정도 갖지 않으려고 줄곧 노력했으나, 노력하는 만큼 앙심도 함께 쌓여가고 있다는 것을 어느 순간 깨달았다. 그때 엄마는 자신에게 물었다. 나는 엄마의 부재로 불행했는가? 결코 그렇지 않았다는 것이 엄마의 결론이었다. 삶이 불행하게 느껴질 때야 있었지만, 떠난 엄마 때문이라고는 할 수 없었다. 그렇다면 아내의 부재로 나의 아버지는 불행했는가? 본인의 생각은 어땠는지 알 수 없어도, 엄마가 보기에는 그 역시도 아니었다.

집을 나간 할머니에 대해서는 그녀를 아는 사람도, 알지 못하는 사람도 한결같이 나쁜 년이라고 욕을 했다. 하지만 할아버지는 재혼하지 않고 자식 둘을 키운다는 이유로 주변 사람들에게 동정과 연민을 샀고, 요청하지도 않은 도움을 쉽게 받곤 했다. 그러나 실제로 돌봄노동의 대부분은 증조할머니가 도맡았다.

자신도 누군가의 아내가 되고 엄마가 되어 한 시절을 보내면서, 또 이혼을 겪으면서, 엄마는 할머니를 어느 정도 이해하게 되었다. 결정적인 이유 없이도 관계가 끝날 수 있다는 것을, 자식과 연을 끊는다는 건 굉장한 용기가 필요한 일이라는 것을. 할머니는 엄마가 쉽사리 하지 못한 것을 사십 년 전에, 그러기가 지금보다 훨씬 더 어려웠던 시절에 해낸 것이다. 그런 면에서는 오히려 존경할 만했다.

엄마는 내가 말귀를 알아들을 만한 나이가 되었다고 여긴 무렵부터 종종 나만 아니었다면 진즉에 아빠와 헤어졌을 거라고 얘기하곤 했다. 네가 없었다면, 결혼을 하지 않았다면. 물론 엄마는 그저 나의 이해와 공감을 바랐을 뿐이라는 걸 알면서도 나는 상처 입었다. 나의 존재를 부정하는 것처럼 들렸기 때문에.

엄마 말대로 결혼을 하지 않고, 나를 낳지 않았다면 엄마는 지금보다 훨씬 나은 삶을 살았을지도 모른다. 그러나 그 반대일 가능성도 얼마든지 있었다. 말하자면 배정심 여사의 삶은 엄마에게 '가지 않은 길'이었으므로, 그녀의 행 혹은 불행을 확인하는 일이 엄마에게는 나름대로 의미가 있었을 것이다. 할머니에게 직접 물어볼 수는 없었지만, 엄마는 그녀와의 재회에서 그녀가 결코 초라하게 늙지 않았다는 것, 어느 정도의 예의와 품격을 갖추고 있다는 것을 일종의 답으로 여겼고 안심했다.

내게 엄마는 엄마대로 아빠는 아빠대로, 두 사람 모두 고유한 장점과 단점을 가진 사람들이었고, 둘 중 누구도 사악하거나 무능력하지 않았다. 굳이 말하자면 합이 좋지 않았던 것이다. 어렸을 때만 해도 부모님은 내가 있을 때는 싸우지 않으려고 노력했는데, 중학생이 되었을 무렵부터는 내가 있든 없든 싸웠다. 고등학교에 입학하자 급기야 서로를 없는 사람 취급하기 시작했고, 3학년 때 드디어 이혼 이야기가 나왔다. 나는 왜 이제서야, 싶어 도리어 어이가 없었다.

나는 그해 봄에 가출—이라고 해봐야 친할머니 댁으로 간 것이지만—해 매일 할머니가 차려주는 아침밥을 먹으며 고3 시절을 보냈고 무사히 수능을 치렀다. 대학에 입학한 뒤로는 홀로 자취하다가, 부모님의 이혼이 마무리되고 나서 다시 엄마와 함께 살았다. 엄마는 내게 아르바이트해서 번 돈을 월세에 쓰지 말고 책이라도 한 권 더 사서 읽으라고 했다. 집에 방이 남아도는데 무슨 낭비냐면서. 나는 엄마와 나 역시 '갈 길이 다른 사람들'이라고 생각했지만, 피 같은 돈이 월세로 사라지는 게 아깝기도 했던지라 마지못해 도로 집으로 들어갔다.

이삿날 저녁, 우리는 식탁에 마주보고 앉아 계약서를 썼다. 나의 조건은 이러했다. 사생활에 일절 간섭하지 말 것. 즉, 서로를 하우스메이트처럼 대할 것. 엄마는 가만히 듣고 있다가 말했다. 좋아, 그럼 나도 조건을 걸지. 모든 공과금과 식비의 절반을 낼 것. 엄마는 매달 말일 내가 지불해야 할 액수를 포스트잇에 적어 내 방문에 붙여놓았다. 다른 조건도 있었다.

과거를 인용해 엄마를 비난하지 않을 것.

각자의 불행은 각자가 책임질 것.

엄마는 그동안 자신의 불행을 내게 전염시킨 것에 대해 진심으로 사과했고, 앞으로는 그러지 않겠다고 했다. 그리고 배정심 여사를 다시 만나게 되었을 때, 엄마는 자신과 자신의 엄마에 대해서도 동일한 조건을 적용해야겠다고 생각했다.

그렇다고 이제 와 그녀와 특별히 가까운 관계를 유지할 의사도 없었다. 다만 손녀딸인 나를 할머니에게 소개하는 것 정도는 괜찮지 않을까 생각했던 모양이다. 나는 할머니가 유일하게 한 번도 본 적 없는 핏줄인 셈이니까.

*

룸이 있는 고급 한정식집이었다. 이미 도착해 있던 할머니는 엄마와 나를 보자 자리에서 일어났다. 할머니는 별다른 인사 없이 내게 손을 내밀었고, 우리는 악수했다. 다른 손님이 없는지 식당은 그야말로 적막했고, 나는 무슨 이야기를 해야 할지 몰라 진땀이 났다. 옆에 앉은 엄마는 눈을 내리깐 채 먹는 데만 집중하고 있었다.

나도 먹는 데 집중하기로 했다. 하지만 자꾸 할머니의 얼굴을 훔쳐보게 되었다. 미인이라고 하기는 어렵겠으나 묘하게 시선을 끌었다. 화장을 하지 않은 것 같은데도 주름살 외에는 피부가 깨끗했다. 눈썹과 입매 어디쯤이 엄마와 닮은 듯했지만 콕 집어 말하기는 어려웠다.

무엇보다 할머니는 음식을 아주 조심스럽게, 천천히 먹었는데 내가 본 사람 중에 가장 품위 있었다. 심지어 엄마보다도 더. 옥돔구이의 가시를 젓가락으로 섬세하게 발라내는 할머니를 보고 있자니 엄마가 식사 예절을 중시하는 건 어쩌면 어린 시절 본인도 모르게 할머니의 영향을 받은 게 아닐까 싶었다.

엄마는 내가 어렸을 때 친구를 데려오면 꼭 그애에게 밥을 먹였다. 그래서 밥 먹는 본새가 엉망이면 가정교육을 제대로 받지 못한 게 분명하니 친하게 지내지 않는 게 좋겠다고 하는 것이었다. 나는 내가 엄마와 상관없이 내 맘대로 친구를 사귀었다고 생각했지만, 결국에는 엄마의 영향권 안에 있었다는 것을 깨달았다. 나이가 들면서, 누군가에게 호감을 느꼈다가도 함께 밥을 먹다가 순식간에 마음이 식어버리는 경우가 왕왕 있었기 때문이다. 젓가락질을 엉망으로 한다든지, 입에 음식을 넣은 채로 말을 한다든지, 식사 후에 물로 입안을 헹군다든지 하는 모습을 보게 되면 말 그대로 정이 뚝 떨어져버리는 것이었다. 그런 엄마가 쩝쩝 소리를 내며 음식을 먹는 아빠와 사랑에 빠진 것은 알다가도 모를 일이었다. 물론 그것이 이혼 사유 중에 하나인 것은 분명했다.

할머니도 나를 힐끔거리는 게 느껴졌다. 그러다 서로 눈이 마주쳤고, 어색하게 웃었다. 순간 어떤 유대감이 짧게 스쳤다. 엄마와 달리 나는 그녀와 공유하는 어떤 과거도 없었고, 그래서 별다른 감정이 없었으며, 오히려 그녀에게 깊은 호감을 느꼈다. 일흔다섯의 나이가 믿기지 않을 정도로 총기 있는 눈빛, 몸가짐과 차림새에 깊이 배어 있는 자기 존중에 마음이 끌렸다. 내게 '할머니'라는 존재는 친할머니의 모습으로 정의되어 있었는데, 친할머니와는 거의 정반대처럼 보이는 이 사람은 도대체 어떤 삶을 살아온 걸까 싶었던 것이다.

배정심 여사가 고양이와 닮았다면, 나의 친할머니는 마치 골든레트리버 같았다. 나는 그녀에게서 조건 없는 환대와 사랑을 받았다. 그녀에게 안기면 푹신하고 따뜻했다. 할머니가 나를 싫어한다거나, 나를 떠날지도 모른다는 생각은 단 한 번도 해본 적 없었다. 그런 상상조차 할 필요가 없는 안전한 관계. 그건 아무나 가질 수 있는 것이 아니다.

엄마는 내가 친할머니의 사랑을 듬뿍 받고 자란 것을 감사하게 생각한다면서도, 시어머니라면 고개를 절레절레 저었다. 친할머니는 직장을 다니는 엄마 대신 나를 돌봐주었는데, 단 걸 많이 먹이지 말라는 엄마의 요청에도 불구하고 내게 다섯 개들이 요구르트를 매일 한 줄씩 사다 먹였다. 내가 요구르트에 빨대를 꽂아 차례대로 한 통 한 통 비워가는 모습을 보는 게 친할머니의 기쁨이었다. 나는 영구치가 나기 전에 이가 전부 새까맣게 썩었다.

친할머니는 좋게 말하면 경계가 없었고, 나쁘게 말하면 쉽게 선을 넘어버리는 타입이었다. 길에서 내게 뭔가를 묻는 노인들은 실례합니다, 혹은 저기요, 로 시작하는 법이 거의 없었고, 대부분은 본인의 궁금증이 해결되면 고맙다는 말도 없이 등을 돌리곤 했다. 나의 친할머니도 정확히 그런 노인이었다. 우리 엄마와는 거의 상극이라고 할 수 있었다.

한때 나는 엄마가 정말로 알에서 태어났을 수도 있다고 생각했다. 엄마는 누구보다도 자기주장이 강했고, 때로는 지나칠 정도로 판단력이 좋았다. 비꼬는 듯한 독특한 유머가 있었으며, 차가우면서도 다감했다. 엄마 같은 사람은 세상에 흔치 않았고, 그런 엄마를 낳은 사람은 도대체 어떤 사람일지 궁금했다. 나는 배정심 여사에 대해 더 알고 싶었다.

*

며칠 후, 나는 할머니에게 전화를 걸었다. 처음에는 어색했지만 친할머니에게서 배운 친화력 덕분에 얼마 지나지 않아 할머니와도 수다를 떨 수 있었다. 나는 그녀가 묻지도 않은 나의 직장생활과 연애에 관해, 나의 취향과 가치관에 대해 떠들었고 할머니는 적절히 반응하며 잘 들어주었다. 나는 이렇게 나의 이야기를 꺼내놓다보면 언젠가 할머니도 자신의 이야기를 조금쯤은 들려주지 않을까 내심 기대했지만, 그런 일은 일어나지 않았다.

기대했던 성과는 얻지 못했으나 그래도 할머니와의 대화는 즐거운 편이었다. 엄마는 모든 이야기에 자기 의견을 덧붙이는 버릇이 있었기 때문에 나는 엄마에게 속 얘기를 잘 하지 않았다. '꼰대력'에 있어서만큼은 나와 오십 살 차이가 나는 할머니보다 엄마가 한 수 위였다.

우리는 가끔 직접 만나기도 했다. 주로 조용한 찻집에서였다. 할머니는 영국 여왕 스타일의 니트 투피스나 바바리코트를 즐겨 입었고, 시럽을 넣지 않은 커피 혹은 허브 차를 마셨다. 디저트는 두 입 이상 먹지 않았다. 나는 그때마다 할머니의 패션 감각과 고급스러운 취향을 칭찬했고, 할머니는 겸손하면서도 자연스럽게 받아들였다. 나는 할머니 취향의 총체일 것이 분명한 그녀의 아파트가 궁금했다. 하지만 할머니는 나를 자신의 집에 초대하지 않았다.

돌아보면 나는 그때 할머니가 정말로 어떤 사람인지보다는, 그녀가 어떤 삶을 살아왔기에 지금과 같은 모습에 이르렀는지가 궁금했던 것 같다. 그러니까 어떻게 그렇게 우아하게 나이 들 수 있었는지. 이 험한 세상에서. 그녀의 '혼삶'이 그녀에게 충분했는지, 외롭지는 않았는지. 나는 애인이 있었지만 이왕이면 결혼하지 않고 평생 혼자 살고 싶었다. 칠십대에 접어든 내가 만약 배정심 여사 같은 모습이라면 스스로 만족스러울 것 같았고, '가지 않은 길'에 대한 후회는 없을 것 같았다. 나 역시 할머니에게서 어떤 해답을 찾고 있었던 것이다.

엄마는 내가 할머니와 자주 연락하고 만나기도 한다는 것을 알고 있었지만 내버려두었다. 그러다보니 자연스럽게 할머니 이야기가 자주 화제에 올랐다. 엄마는 때때로 자신이 알고 있는 할머니의 과거에 대해 들려주기도 했다.

배정심 여사는 육 남매 중 넷째 딸로 태어났다. 증조할아버지는 젊은 시절 험한 일을 하다가 다리 한쪽을 못 쓰게 되었고, 그것을 희생의 증표로 삼아 남은 평생을 손가락 하나 까딱하지 않고 지냈다. 증조할머니는 식모살이를 비롯해 할 수 있는 모든 노동을 하면서 가족의 생계를 책임졌다. 할머니의 언니들 역시 초등학교를 마친 후 곧바로 생활 전선에 뛰어들었고, 이른 나이에 도망치듯이 결혼했다. 자매들 가운데 중학교까지 졸업한 사람은 할머니가 유일했다. 그러나 오빠와 남동생도 고등학교에 가지 못했으니 딸이라 특별히 차별받은 것은 아니었다.

할머니는 어렸을 때부터 읽고 쓰는 걸 좋아했고, 대단한 장래희망은 없었지만 공부를 더 하고 싶은 마음은 늘 있었다. 봉제 공장에서 일을 하면서도 홀로 검정고시 공부를 했다. 대학에 가고 싶다기보다는 뭔가를 배우는 게 좋았다. 동네에 할머니가 문제집이나 소설책을 사러 종종 들르던 작은 서점이 있었는데, 그 집 둘째 아들이 바로 할아버지였다. 서점을 물려받기 위해 아버지의 일을 돕고 있던 할아버지는 할머니에게 첫눈에 반했다. 할머니는 여공이 아니라 양반집 딸처럼 보였다. 그 반대라는 사실을 알게 되었을 때도, 할아버지는 공장에서 일하면서도 투르게네프나 스탕달을 찾아 읽는 할머니를 특별한 여자로 여겼고, 그렇게 대우하고자 나름대로 노력했다.

머지않아 할아버지는 할머니에게 청혼했다. 무슨 일이 있어도 검정고시를 치르게 도와주겠다고, 대학까지도 보내주겠다고 약속했으나 할아버지가 한 거라곤 해를 거르지 않고 임신시킨 게 다였다. 할머니는 스물두 살에 결혼해 스물셋에 엄마를 낳았고 이듬해 삼촌을 낳았다. 할머니는 삼촌이 젖을 뗀 후에 처음으로 가출했다. 일주일이 채 안 되어 돌아왔으나, 얼마 지나지 않아 다시 집을 나갔다. 할머니의 가출은 이후로 대여섯 번쯤 이어졌다.

할아버지는 성실했으며 폭력적이지 않았고, 술과 여자를 가까이하지도 않았다. 당시의 기준으로는 전혀 하자가 없는 남편이었기 때문에 사람들은 할머니를 이해하지 못했다. 이해하려고 하지도 않았다. 할머니는 감사한 줄 모르는, 분수를 모르는, 자기밖에 모르는 여자였고, 다른 무엇도 아니었다.

여기까지가 엄마와 내가 알고 있는 할머니의 과거다.

*

별다른 사건 없이 일 년이 지나갔다. 이듬해 시월은 할머니의 일흔여섯번째 생일이 있는 달이었다. 할머니 생신 잔치를 하자는 나의 제안을 엄마는 생각보다 순순히 받아들였다. 당일에는 일정을 맞추기 어려워서, 그전 주말에 할머니를 집으로 초대했다. 엄마와 나 둘 다 요리에 소질이 없었기 때문에 음식은 집 근처 이름 있는 이탈리안 레스토랑에서 주문했다. 나름의 서프라이즈 파티로, 당신의 생신 잔치를 할 거라는 이야기는 하지 않았고, 할머니 역시 우리가 자신의 생일을 알고 있으리라고는 생각하지 못했을 것이다.

생일 케이크를 앞에 둔 할머니는 어쩔 줄 몰라하는 모습이었고, 전에 없이 당황한 것처럼 보였으므로 오히려 미안할 정도였다. 그래서 생일 축하 노래는 부르지 않았다. 엄마와 내가 반반씩 돈을 모아 할머니에게 잘 어울릴 듯한 짙은 보라색 카디건을 선물했지만, 할머니는 그것을 입어보지 않았다.

도리어 그날 할머니는 사이즈가 맞지 않아 더는 입을 수 없게 되었다며 자신의 옷 몇 벌을 가져와 내게 주었다. 할머니가 아가씨일 때 입었다는 잔잔한 꽃무늬 스커트는 허리 사이즈가 이십삼사 인치 정도에 불과해서 나도 입을 수가 없었다. 종아리까지 내려오는 날렵한 디자인의 펜슬 스커트, 칼라에 꽃 자수가 장식되어 있는 실크 블라우스도 있었다. 요즘 흔하게 볼 수 없는 스타일인데다가 재질이 탄탄해서 무척 마음에 들었다.

초반에는 분위기가 다소 경직되어 있었으나, 저녁이 깊어가면서 할머니와 나는 와인 반병쯤을 나눠 마셨고 조금 웃기도 했다. 술을 마시지 않은 엄마가 차로 할머니를 댁까지 모셔다드렸다.

그게 마지막이었다.

*

할머니가 전화를 받지 않았다. 엄마는 기다려보자고 했다. 일주일이 지났다. 나는 할머니가 집안 어딘가에 쓰러져 홀로 생을 마감한 게 아닐까 불안했다. 그게 아니라면…… 나는 할머니와의 기억을 하나씩 되짚어보았다. 반평생을 혼자 잘살아왔는데, 잊었던 딸과 손녀가 나타나서 그녀의 영역을 지나치게 침범한 게 아닐까? 나의 관심과 호기심이 폭력으로 느껴졌던 건 아닐까? 혹은 생신 잔치? 그날의 뭔가가 할머니를 견딜 수 없게 만든 건 아닐까?

한편으로는 나 자신에 대한 의문도 들었다. 만약 배정심 여사의 가정사가 평범했다면, 그녀가 자식들을 키워 모두 결혼시키고 빈 둥지를 지키다가 남편과 사별한, 나의 친할머니 같은 사람이었다면 과연 어땠을까? 첫 만남에서 그녀가 근사한 밤색 코트가 아닌 진달래색 윈드브레이커를 입고 나타났다면? 그녀가 공원에 있는 운동기구에 거꾸로 매달려 있기를 좋아했다거나 선팅 캡을 애호했다면? 그래도 나는 할머니의 삶을 궁금해하고, 그녀와의 관계를 유지하고 싶어했을까?

주말에 엄마와 나는 할머니의 아파트로 찾아갔다. 아파트 입구에 '안전 진단 부적격 판정 축하합니다'라고 쓰인, 일견 말이 되지 않게 느껴지는 플래카드가 걸려 있었다. 복도식 아파트였고 할머니 집의 문은 잠겨 있었다. 아무리 두드려보아도 안에서는 아무런 인기척이 없었다. 그때 쇠창살이 달린 창문 아래 나란히 놓인, 흙만 담겨 있는 화분 세 개가 눈에 들어왔다. 나는 가까운 화분부터 들어보았다. 세번째 화분 밑에서 너무도 간단하게 열쇠를 발견했다.

문을 열자 죽음의 냄새는커녕 더없이 향긋한 냄새가 났다. 아파트 내부는 넉넉잡아 열여섯 평쯤 되어 보였다. 살림은 단출했다. 거실은 부엌을 겸하고 있었는데 식탁 대신 꽃무늬 테이블보가 덮인 낮은 원탁이 중앙에 놓여 있었고, 누비 방석이 하나 있었다. 소파는 없었고 벨벳 천으로 된 겨자색 일인용 안락의자에 알록달록한 보헤미안풍 쿠션이 놓여 있었다. 텔레비전이 있을 법한 자리에는 나무로 마감된 낡고 커다란 전축이 있었으며, 재킷의 모서리가 해진 낡은 엘피판들이 플라스틱 박스에 차곡차곡 정리되어 있었다. 주로 클래식 음반들이었다.

냉장고 안은 텅 비어 있었다. 가재도구들은 있을 것이 다 있었고 하나같이 깨끗하게 정돈되어 있었지만, 모는 것이 전부 한 벌씩이었다. 밥그릇 하나, 국그릇 하나, 찻잔 세트 하나. 수저도 한 벌밖에 없었다. 누군가 가꾸고 돌본 것이 분명한 살림살이였지만, 온기가 느껴지지 않았다.

방은 두 개였다. 그중 구석에 잘 개켜놓은 이불과 베개가 놓여 있는 방에서 할머니가 잠들고 깼음을 알 수 있었다. 옷장을 열어보니 할머니의 옷가지들이 잘 다려진 채로 가지런히 걸려 있었다. 전부 내가 보았던 옷들로, 다 합쳐봐야 열댓 벌이 되지 않았다. 코트는 없었다.

다른 방은 서재처럼 보였으나, 서재라기에는 책장이 하나뿐이었고 창가에 아담한 책상과 의자 하나가 놓여 있을 따름이었다. 책장에는 총 육십 권 정도 되는 하드커버 세계문학전집이 번호 순서대로 꽂혀 있었다. 제목에 한자가 섞인, 아주 오래된 것이었다. '傲慢과 偏見' '누구를 위하여 鐘은 울리나' 하는 식이었다. 그 아래에는 크라프트 표지의 무선 제본 노트가 빼곡히 꽂혀 있었는데, 몇백 권은 훌쩍 넘어 보였다. 그중 한 권을 꺼내 펼쳐보니 페이지마다 글씨가 촘촘하게 적혀 있었다. 전집의 내용을 그대로 필사한 것이었다. 멋스럽고 가지런한 글씨체였다.

손때 묻은 책상 위에는 낡은 트랜지스터라디오와 고풍스러운 스탠드 조명이 놓여 있었다. 그리고 할머니의 돋보기안경이 천으로 직접 만든 것 같은 안경집 안에 들어 있었다. 할머니가 그 책상에 앉아 코허리에 안경을 걸치고, 천천히 노트에 문장을 옮겨 적고 있는 모습이 머릿속에 그려졌다.

모든 것이 제자리에 있었고, 그 어떤 것도 삶 쪽으로 혹은 죽음 쪽으로 기울어져 있지 않았다. 할머니는 자신의 거취에 대해 어떤 단서도 남겨놓지 않았다. 그녀가 어딘가로 영영 떠나 돌아오지 않을 셈인지, 잠시 여행을 떠났는지, 아니면 당장 오늘 저녁에 돌아올 것인지 우리는 전혀 짐작할 수 없었다. 엄마와 나는 조용히 문을 닫고 그곳을 떠났다.

집으로 돌아와 주차장에 차를 세운 엄마가 문득 말했다. 기억이 났어, 하고.

엄마가 다섯 살 때쯤이었으니, 할머니는 지금의 내 나이였을 것이다. 배정심 여사는 엄마를 데리고 기차를 탔다. 어디로 가는지는 몰랐지만 처음으로 사이다를 마셔보았다고 엄마는 말했다. 어느 역에서 할머니는 엄마를 대합실 의자에 앉혔다. 잠시 기다리라던 할머니는 사위가 깜깜해질 때까지 나타나지 않았다. 그 기억은 새로운 것이 아니었다.

엄마에게 새로이 기억난 것은, 바로 그때 엄마가 갖고 있었던 확신이었다. 그때 몇 시간을 혼자 앉아 있으면서도 엄마는 할머니가 나타나지 않을 거라고는 조금도 생각하지 않았다. 그래서 무섭지 않았다. 이윽고 할머니가 헐레벌떡 나타났고, 두 사람은 다시 기차를 탔다. 그리고 함께 집으로 돌아갔다.

엄마는 그후로는 그 무엇에 대해서도 그날만큼의 확신을 가져본 적이 없다고 말했다. 할머니는 엄마의 모든 믿음을 앗아갔지만, 한편으로는 엄마에게 누군가를 완전히 믿는다는 것이 무엇인지 가르쳐준 사람이기도 했던 것이다.

*

겨울이 지나고 해가 넘어가도록 할머니는 돌아오지 않았다.

그날 우리가 목격한 할머니의 집안 풍경이 누군가에게는 지나치게 쓸쓸해 보일는지도 모르나, 할머니 자신도 그렇게 느꼈는지는 알 수 없는 일이다. 분명한 것은, 할머니는 할머니에게 딱 맞는 일인분의 삶을 꾸리고 있었다는 사실이다. 그래서 나는 그녀가 왜 그 모든 것을 버려두고 사라졌는지, 그게 나 때문은 아닌지 노심초사했다.

나는 어떤 단서라도 발견할까 싶어 할머니의 노트를 한 장 한 장 넘겨보았다. 그러나 아무것도 없었다. 배정심 여사는 틀린 글자를 수정액으로 꼼꼼히 지우고 새로 썼다. 그렇게 많은 필사 노트를 남겼으면서도, 일기는 단 한 줄도 쓰지 않았다.

나는 할머니가 사라지고 나서야 할머니의 과거를 찾아 나섰다. 내가 알아낸 것은 그녀가 서울 끝자락에 있는 직업전문학교 행정실에서 오랫동안 근무했고, 실장까지 승진했다가 다소 이른 은퇴를 했다는 사실뿐이었다. 수소문 끝에 할머니와 함께 일했던 한 직원을 만날 수 있었는데, 그녀는 배정심 여사가 한때 결혼했으며 자식이 있다는 사실에 대해서는 전혀 모르고 있었다.

그녀는 배정심 여사를 똑똑하고 우아한 사람으로 기억했다. 맡은 업무를 완벽하게 처리했고, 태도에 늘 여유가 있었다. 고독해 보였으나, 오랫동안 혼자 산 사람이 흔히 풍기는 종류의 고독이 아니라 범접하기 힘든 느낌을 주는 그녀 특유의 분위기에서 비롯한 것으로 여겨졌다. 직장 내에서도 특별히 가깝게 지내는 사람은 없었고, 말수가 적었으며 감정을 거의 드러내지 않았다. 그래서 은퇴하는 날 그녀가 눈물을 보였을 때 직원들 모두가 놀랐다고 했다. 그리고 얼마 가지 않아 모두 그녀를 잊었다.

*

나는 다음 정류장에서 내렸다. 버스와 반대 방향으로 걸었다. 마음은 달려가고 있었지만 다리는 천천히 움직였다. 길가의 벚나무들이 꽃잎을 떨구고 있었다. 아까 그곳에 다다랐을 때, 밤색 코트를 입은 할머니는 없었다. 그런 할머니는 어디에도 없었다.

어디선가 또다시 세찬 바람이 불어왔고, 벚꽃잎이 후드득 쏟아져내렸다. 그때 나는 내가 이미 알고 있다는 걸 알았다. 나의 할머니, 배정심 여사는 그녀와 가장 어울리는 장소에 있을 거라는 걸.

그게 어디라도.

너무 늦지 않은 어떤 때*

* 김소연의 시에서 제목을 가져옴, 「너무 늦지 않은 어떤 때」, 『눈물이라는 뼈』, 문학과지성사, 2009.

영원히 살아야 하는 꿈이 있다면, 나는 그곳에서의 열흘을 계속해서 살겠다. 열흘을 전부 다 살고, 꿈에서 깨어나면 다시 그 낡은 침대에 누워 있고, 다시 열흘을 살고, 깨어나면 다시 그 침대. 그 방.

　눈을 뜨면 온통 어둠, 축축한 피부, 낡은 팬이 덜덜거리며 돌아가는 소리. 그래서 다시 잠드는 것을 어려워하다가, 커튼 새로 새벽빛이 들 때쯤이면 그가 내 방문을 쿵쿵 두드리고, 나는 느릿느릿 몸을 일으켜 욕실로 향할 것이다. 한참 동안 몸을 씻고, 아무것도 입지 않은 채로 젖은 몸이 다 마를 때까지 침대에 걸터앉아 평야에 이는 모래바람을 바라볼 것이다. 그리고 태양, 밤새 사라졌던 게 아니라 그저 내가 널어놓은 빨래를 말리고 있었을 간밤의 태양이 지평선 끝에서 머뭇거리며 솟아나는 것을 지켜보겠지.

바삭하게 마른 어제의 속옷과 티셔츠를 주섬주섬 챙겨 입고, 방을 나서서 옥상으로 올라가면 어두컴컴하고 작은 부엌에서부터 토스트의 탄내가 풍겨나올 것이다. 안을 들여다보면 그는 구부정한 자세로 우유를 데우고 있겠지. 흙냄새 섞인 미풍을 맞으며 무화과 덩굴 아래 마주보고 앉아서, 우리는 아무 말 없이 그러나 문득문득 웃으며, 뜨거운 차이 한 잔을 홀짝이며, 까맣게 탄 토스트의 한구석을 씹겠지.

*

'이 도시가 여행자들에게 강한 인상을 주는 가장 큰 이유는 바로 방치된 폐허의 절대적 아름다움 때문이다.'*

가이드북에 적혀 있던 그 구절을 읽고 나는 타지마할 대신 파테푸르 시크리로 향했다. 사랑하는 아내를 위해 천인의 노동력을 갈아넣은, 관광객으로 득실거릴 것이 분명한 타지마할보다 무굴 제국의 수도였다가 사백 년 동안 폐허로 방치되었다는 그 도시를 보고 싶었다.

---

* 정명원·김영남·주종원, 『프렌즈 인도·네팔』, 중앙books, 2016, 198쪽.

'폐허의 절대적 아름다움'이라는 표현을 납득할 수 없었기 때문이기도 하다. 당시의 내게는 '폐허'라는 단어가 딱 어울렸는데, 거기에 '아름다움'이란 단어를 덧붙이는 것은 좀처럼 불가능해 보였으니까. 그래서 확인하고 싶었다. 과연 가능한 조합인지.

육 년간 일한 직장을 때려치우고, 지지부진하게 이어지던 연애에 종지부를 찍은 직후였다. 아니, 엄밀히 말하자면 종지부를 찍기 위해서 어딘가로 떠나야겠다고 생각했다. 가능하면 먼 곳으로. 하지만 유럽이나 미국은 물가가 비쌀 터였고, 남쪽 나라들은 휴양의 느낌이 짙어서 망설여졌다. 그간 쉬지 않고 일했으니 따뜻한 곳에서 푹 쉬어도 좋았을 텐데, 그때 내가 하고 싶었던 것은 휴식보다는 고행이었다. 지독하게 낯선 곳에서 신경을 곤두세우고 하룻밤 몸 누일 곳을 찾다보면 잡생각이 사라질 것 같았다. 이질적이고, 물가가 싸고, 다소 위험한 곳. 바로 인도였다.

인도행을 위해 내가 준비한 것은 편도 비행기표와 가이드북 한 권, 펜탁스 수동카메라와 필름 몇 롤이 전부였다. 정말로 희소한 순간들만을 담아오고 싶었다. 내가 태어나기 얼마 전 부모님이 장만한 그 카메라는 내가 더는 어린이가 아니게 된 후로는 선반 구석에 방치되어 있었다. 여행 전 마지막으로 엄마 집에 들렀을 때 엄마 모르게 챙겨왔지만, 엄마는 집안에 그런 물건이 존재했었는지조차 완전히 잊고 있을 게 분명했다. 카메라를 수리점에 맡겼다. 셔터 속도를 표시하는 LED 램프만 교체하면 작동에 문제가 없을 거라고 했다.

온라인 서점에서 주문한 가이드북은 두께가 오 센티쯤 되었는데, 출발하는 날까지도 펴보지 않았다. 여정중에 띄엄띄엄 읽으면서 맘에 드는 곳이 생기면 그곳으로 향하고, 떠날 때면 해당하는 페이지들을 뜯어서 버릴 생각이었다. 배낭은 점점 더 가벼워질 테고, 그렇게 마지막 한 장까지 버리고 나서 가뿐하게 돌아와야지, 그것이 계획이라면 계획이었다. 전부 다 버리고 난 뒤 새로 시작하고 싶다는 생각과 그러기에는 너무 늦었다는 생각이 혼란스럽게 교차하던 나의 스물아홉 살.

떠밀리듯 대학을 졸업하고 나니 막막했다. 딱히 하고 싶은 것도 없었고, 잘하는 것도 없었다. 내가 구할 수 있는 일자리는 카페나 음식점 서빙뿐인 듯싶었는데, 어느 날 우연히 그 구인 광고를 보게 되었다. 각종 고시의 온라인 강의를 만드는 회사였다. 영상을 촬영하고 편집하는 것이라면 고등학교 시절 방송부에서 촬영과 편집을 맡았던 내가 그나마 할 줄 아는 일이었다. 게다가 시급도 다른 아르바이트보다는 제법 높았기 때문에, 나로서는 별달리 고민할 이유가 없었다.

하지만 일은 생각보다 녹록지 않았다. 커다란 삼각대와 카메라를 짊어지고, 전장에 뛰어드는 심정으로 매일같이 강남역으로 뛰어들었다. 출퇴근 시간대의 강남역에서는 정신을 반쯤 놓는 게 차라리 나았다. 인파에 몸을 맡기고 있으면 저절로 출구에 다다라 있었다. 로테이션 근무라 때로는 야간에 일하기도 하고, 주말에 일하고 평일에 쉬기도 했다. 생체리듬 같은 건 결코 만들어지기 어려운 조건이었다. 나는 늘 졸렸고, 그러는 와중에 별 쓸모 없는 잡다한 상식만 늘어갔다.

그렇게 삼 년쯤 일하고 나니 정직원이 되었다. 명절 즈음, 갑자기 사장님이 나를 사장실로 부르더니 참치 선물 세트를 줬다. 물론 정직원이라고 해봤자 시급을 월급으로 받는 것뿐이었다. 세금이 떼여서 그마저도 아르바이트 때보다 더 적은 액수를 받았다. 그쯤 해서 새로운 일을 구할 수도 있었을 텐데, 고질적인 게으름과 두려움 때문에 그러지 못했다. 그만둬야지, 그만둬야지 생각할수록 온몸이 마비된 것처럼 꼼짝할 수가 없었다.

컴퓨터 혹은 카메라 앞에서 꾸벅꾸벅 조는 사이 어느새 육 년이라는 시간이 흘러 있었고, 나는 더는 삶 앞에서 어쩔 줄 몰라하지도 않았다. 모니터 화면을 들여다보듯 나는 그것을 바라보기만 했다. 잘라내거나 붙여넣을 수 있는 건 내 것이 아닌 다른 시간들뿐이었다.

*

인도에 도착한 지 한 달이 지나자 바짝 긴장했던 몸과 마음
이 어느 정도 풀어졌다. 가이드북의 페이지를 다 뜯어내고 돌
아간다는 것은 유치한 발상이었다는 사실도 금세 깨달았다.
나 같은 여행자에게는 수십 년이 걸려도 불가능하리라는 걸.

어디를 가나 느릿느릿 배회하고 있는 개들, 응달에 축 늘어
진 비쩍 마른 개들을 만날 수 있었는데, 나는 마치 그들과 동
지가 된 느낌이었다. 아무도 그들의 뿌리를 궁금해하지 않듯
이, 나 역시 이름 없이 초췌한 몰골로, 다만 햇볕을 피하는 데
골몰하면서 뿌리 없는 사람처럼 떠돌고 있었고 그 느낌이 나
쁘지 않았다.

물론 혼자 여행하는 동양인 여자에게 향하는 사람들의 관심
과 질문 세례는 어쩔 수 없었지만, 그들의 호기심이란 지극히
얕은 것이어서 견딜 만했다. 귀찮을 정도로 따라붙는 호객꾼
들에게도, 뭐든지 일단 비싼 값을 부르고 보는 장사꾼들에게
도 이내 익숙해졌다.

파테푸르 시크리 버스 정류장에 도착하자 앳된 얼굴의 청년
들이 숙소를 소개해주겠다며 달라붙었다. 나는 그중에서 가장
적극적이지 못한 남자아이에게 말했다. 네가 소개하는 곳으로
가겠다고. 남자아이는 깜짝 선물을 받은 사람처럼 얼굴이 환

해지더니, 자신을 따라오라고 손짓했다. 내가 그를 따라 걸음을 옮기자, 정류장에 모여 있던 무리 중 일부가 재밌는 구경거리라도 생겼다는 듯 우리를 따라왔다.

골목을 빙빙 돌아 한참을 걸었는데도 숙소가 나타나지 않았다. 흥미를 잃은 사람들이 하나둘씩 사라지고 남자아이와 나만 남았다. 아직 멀었냐고 물으면 곧 도착한다는 대답이 돌아왔다. 불안이 밀려오기 시작했다. 반대쪽을 향해 뛰어야 할까, 저 정도 덩치라면 내가 때려눕힐 수도 있겠는데, 그런 생각들이 꼬리에 꼬리를 물고 있을 때쯤, 마침내 그곳이 나타났다.

호텔 나라얀.

이층짜리 건물로, 호화롭게 장식해놓았으나 세월의 흔적과 조악한 위생 상태를 숨길 수는 없었다. 할 수만 있다면 다른 곳으로 가고 싶었지만 다른 숙소가 이곳보다 낫다는 보장도 없었고, 돌아가기엔 이미 너무 먼 골목을 돌고 돌아 온 터라, 가능한 한 빨리 배낭도 옷도 죄다 벗어던지고 싶단 생각뿐이었다.

한낮 기온이 오십 도까지 치솟던 오월, 한여름 비수기에 투숙객은 나뿐인 것 같았다. 숙소 주인이 처음 내게 보여준 방에는 이미 수십 마리의 파리가 세 들어 있었지만, 다른 방들도 사정은 마찬가지였으므로 나는 그중에서 창문이 제일 크고 침대가 널찍한, 협탁 위에 나무로 된 작은 지구본이 놓여 있던 그 방에 하룻밤만이라도 묵기로 마음먹었다.

숙소의 옥상은 식당이었다. 내려다보면 바람과 바위와 모래, 몇 그루 메마른 나무 외에는 아무것도 없는 넓디넓은 평야가 펼쳐져 있었고, 옛 도시의 폐허가 벌판 한구석에 고요히 놓여 있을 따름이었다.

나는 낮잠을 한숨 자고 옥상에 올라가 볼품없는 샐러드와 치킨 마살라를 주문했다. 요리를 가져다준 남자아이는 어느새 사라져 있었고, 나 혼자 그 고요함 가운데 덩그러니 남겨졌다. 그때, 저멀리 평야의 끝으로 붉은 해가 녹아서 스미듯이 사라지는 것을 보았을 때, 나는 그냥 계속 머물기로 마음을 고쳐먹었다.

내가 안와를 만난 것은 바로 다음날이었다.

한껏 늦잠을 잔 후, 해가 제일 뜨거운 시간에 로열 팰리스로 가려고 숙소를 나섰다가 길을 잃었다. 미로에 갇힌 것처럼 코너를 돌 때마다 같은 풍경이었고, 골목마다 염소가 빼꼼 머리를 내밀었다. 뭔가에 홀린 것 같았다. 로열 팰리스고 뭐고 다시 숙소로 돌아가고 싶었다. 나를 졸졸 따라다니던 꼬마 중 누구 하나라도 길을 알까 싶어 호텔 나라얀, 호텔 나라얀, 하고 말해보았지만 다들 나와 눈이 마주치면 부끄러운 듯 옆 사람 등뒤로 숨어버렸다.

자포자기한 심정으로 담벼락 그늘 밑에 쪼그려앉아 있을 때, 누군가 내 곁으로 다가왔다. 덩치가 커다란 중년 남자가 헤이, 하고 나를 부르더니 자기를 따라오라고 손짓했다. 나는 잠시 망설였다. 인도에서 깨달은 것은 아무런 목적 없는 호의는 존재하지 않는다는 것이었다. 나는 누군가 다가오면 일단 경계 태세부터 취하곤 했는데, 그 순간만은 낯선 이를 따라가는 것이 그 골목에서 헤매다 죽는 것보다는 나을 것 같아서, 아니 그저 그의 표정과 몸짓이 이상하게 나를 안심시켜서, 무작정 그의 뒤를 따라 걷기 시작했다.

큰 키에 넓은 어깨, 무슬림의 하얀 정장을 입고, 붉게 염색한 긴 머리를 하나로 묶어 늘어뜨린, 오십대 정도로 보이는 남자. 가이드를 자청하고 결국에는 돈을 뜯어내는 혈기왕성한 젊은이들과는 느낌이 사뭇 달랐다. 그가 알아들을 수 없는 말로 몇 마디 윽박지르면 꼬마들이 까르르 웃으며 흩어졌다. 아무 말 없이, 내가 잘 따라오고 있는지 가끔 무심한 얼굴로 돌아보던 그가 데려다준 곳은 호텔 나라얀이었다. 그는 주인 남자와 인사도 없이 익숙하게 몇 마디를 나누고, 나를 한번 흘끗 돌아보더니 천천히 옥상으로 올라갔다. 나는 그 뒷모습에 대고 땡큐, 맥없이 인사했다.

한참 동안 샤워를 하고, 침대에 걸터앉아 창밖을 바라보다

가 카메라를 챙겨들고 옥상으로 올라갔다. 그가 아직 거기 있
었다. 테이블 앞에 앉은 채로 그는 노을이 물든 평야를 향해
셔터를 누르는 내 모습을 지켜보았다.

헤이, 그 카메라 좀 볼 수 있을까?

그가 물었다. 물론, 하고 나는 내 낡은 카메라를 그에게 건
넸다. 이리저리 살펴보면서 그는 자신이 호텔 주인과 오랜 친
구라고 말했다. 테이블 위에는 커다란 망원렌즈가 달린 니콘
카메라와 조그만 구식 캠코더, 그리고 카메라 가방이 놓여 있
었다.

이것들은 당신 거야?

내가 묻자 그는 그렇다고 했다.

나는 십오 년째 사진을 찍고 있어. 너는 어때?

나는 고개를 가로저었다.

필름으로는 처음 찍어봐.

이건 처음 보는 기종인데.

그는 카메라를 내게 돌려주며 물었다.

넌 이름이 뭐야?

송.

나는 성씨로 대답했다.

쏭?

그는 'ㅅ'을 'ㅆ'으로 발음하고는 살짝 웃었다. 나는 고개를

끄덕였다.

쏭, 원한다면 내가 찍은 사진들을 보여줄게. 어때?

나는 이 낯선 남자가 정확히 무엇을 제안하는 것인지 알 수 없어서 우물쭈물했다. 그는 자신의 이름이 '안와'라고 했다.

있지, 나의 나라에서 그건 '오지 않는다'는 말과 같아.

내 말에 안와는 이해하지 못하겠다는 표정을 지었다. 나는 덧붙이려다가 그냥 입을 다물었다. 안와는 마을 중앙에 있는 모스크로 오면 자신을 만날 수 있다고 했다.

거기서 무슨 일을 하는데?

사람들이 기도하는 걸 도와줘.

기도하는 걸 도와준다니, 이상했다. 기도란 아주 개인적인 것, 신과 독대하는 것이라고 나는 생각하고 있었다. 어릴 적 엄마를 따라 교회에 자주 갔다. 엄마가 다니던 교회는 허름한 상가 건물 삼층에 자리잡은 작은 개척교회였다. 정식 예배가 없을 때도 엄마는 나를 데리고 가끔 교회에 들렀다. 해가 들지 않아 어두컴컴한 예배당 맨 뒷자리에 앉은 엄마는 포갠 손 위에 머리를 묻고 한참을 가만히 있곤 했다. 나는 엄마의 기도가 끝나기를 기다리며 낡은 업라이트피아노의 건반을 하나씩 눌러보곤 했는데.

이따금 교회에서 밤늦게까지 집회를 했다. 다들 주여, 주여, 하고 목이 터져라 소리치는데도, 엄마는 매번 입을 꾹 다물고 있었다.

엄마는 왜 기도할 때 아무 소리를 안 내?

언젠가 내가 그렇게 묻자 엄마는 웃으며 대답했다.

그렇게 커다란 소리로 기도할 필요는 없다고 생각해. 하나님은 다 들으시거든.

엄마가 무엇을 기도했는지는 모른다. 물어도 대답해주지 않았으니까. 하나님이 엄마의 기도를 들어주셨는지 아닌지도 모른다. 나는 엄마의 세계를 떠나온 지 이미 오래였고, 어떤 아쉬움이나 향수도 없었다. 만약 엄마가 자신의 행복을 빌었다면, 하나님은 기도를 듣지 못했거나 듣고서도 침묵하는 것이 분명했다. 혹시 나의 안녕과 건강을 빌었다면, 통화할 때마다 별일 없다, 아픈 데 없다, 말하는 나의 무성의한 대답이 엄마에게 어떤 위안이 될 수도 있었을 텐데.

기도는 혼자 하는 거라고 생각했어.

내 말에 안와가 대답했다.

물론 그렇지. 나는 그냥 도우미 같은 거야.

나는 고개를 끄덕였고, 더는 할말이 없었다. 안와는 자리에서 일어나 카메라를 가방에 챙겨넣더니, 아무런 인사도 없이 일층으로 내려가버렸다. 순식간에 어둠이 내려앉았고, 테이블 위에 설치된 전등이 곧이어 켜졌다. 요깃거리를 주문하고 싶었지만 주방 직원은 보이지 않았고, 나는 정적 속에 한참 동안 앉아 있다가 방으로 돌아왔다.

*

다음날, 자마 마스지드에 도착했을 때, 해는 중천에 떠서 지상의 모든 것을 다 말려버리겠다는 듯이 내리쬐고 있었다. 모스크 안에서는 신발을 벗어야 한다고 알고 있었으므로 나는 운동화를 한 손에 들고 지붕 밑 그늘까지, 뜨겁게 달구어진 돌바닥 위를 폴짝폴짝 뛰어갔다.

사원 한가운데에는 이슬람 성자의 묘가 있었다. 흰옷을 입은 사람 몇몇이 흰색 건물 안팎을 드나들었다. 찬란한 햇빛 아래 그 모든 흰색이 더욱더 눈부셨다. 그 순간 흰옷을 입은 안와가 안에서 걸어나왔다. 그러고는 내가 앉아 있는 곳까지 맨발로 천천히 걸어왔다.

뜨겁지 않아?

내가 묻자 그는 웃으며 뜨겁지 않다고, 폴짝폴짝 뛰어오는 나를 창문 너머로 보았다고, 신자가 아닌 나는 신발을 신어도 된다고 말했다. 내가 운동화를 도로 주섬주섬 신고 있는데 안와가 물었다.

날 만나러 온 거야?

나는 그저 이 도시의 몇 안 되는 관광지 중 하나를 구경하러 온 것뿐이고, 정말로 그를 만나게 될 줄은 몰랐기 때문에 대답 대신 웃기만 했다.

이제부터는 뭘 할 생각이야?

그가 물었다.

글쎄, 잘 모르겠어.

내가 어깨를 으쓱이자 그는 말했다.

그럼 내가 찍은 사진 보러 가지 않을래?

내키지는 않았지만 딱히 다른 계획이 없었으므로 그를 따라 갔다. 그의 집은 그 미로 같은 골목 어딘가에 있었다. 이층집 이었는데 일층은 천장이 낮고, 내부가 통으로 넓게 트여 있었 다. 바깥 기온에 비해 서늘한 느낌마저 들었다. 중앙에 왕골로 된 커다란 소파가 있었다. 그는 소파에 앉기를 권하더니 두꺼 운 앨범 몇 개를 가져와서 건넸다.

그것들 말고도 수없이 많은 사진들이 있어.

그가 가리키는 곳에는 정말로 앨범 수십 개가 쌓여 있었다.

정말이네.

내가 감탄하자 그는 자랑스러운 듯 미소 지었다. 그러고는 차이를 끓여 온다며 부엌으로 갔다. 나는 그가 건넨 앨범을 한 장 한 장 넘기기 시작했다. 처음 보는 동식물들의 사진(심지 어 계곡에서 목욕중인 호랑이 사진도 있었다), 그리고 그의 젊은 시절 사진. 지금보다는 마르고 턱선이 갸름했으나 부리

부리한 눈과 짙은 눈썹은 변한 것이 없었다.

안와가 차이 두 잔을 쟁반에 담아 가져왔다. 우리는 나란히 앉아서 차이를 홀짝이며 앨범을 구경했다. 내가 가리키는 사진마다 그가 고개를 끄덕이며 설명해주었다. 그 호랑이 사진을 찍으러 갔을 때는 말이야, 하면서. 그리고 결혼사진. 붉은색의 화려한 편자비를 입은 여인의 사진이 있었다.

부인이 무척 미인이네.

그가 고개를 끄덕였다.

그녀는 내 첫번째 부인이야.

미안. 이혼했어?

안와가 낮은 소리로 웃더니 말했다.

쏭, 나는 아내가 둘이야.

나는 당황했다. 이곳은 인도, 일부다처제와 축첩제가 아직도 용인되는 사회. 안와에게는 이상할 게 없겠지만, 나는 마음이 불편해졌다. 보고 있던 앨범을 덮으면서 자연스럽게 자리를 떠야겠다고 생각했다. 앨범을 몇 장 더 넘기자 푸른색의 편자비를 입고 있는, 푸른 눈동자를 한 금발 머리 백인 여자의 사진이 있었다.

이 여자는 두번째 부인이야?

내가 다소 비꼬듯이 물었다.

아니, 그녀는 친구야.

친구?

그러자 그는 잠깐 생각에 잠기더니 대답했다.

만약 지금의 너와 나를 친구라고 부를 수 있다면.

그는 자리에서 일어나 어딘가로 사라졌다가, 곧 커다란 천 주머니 하나를 가져왔다. 들여다보니 그 안에는 여러 나라의 지폐와 동전이 가득했다.

이상하지. 나는 이제껏 한 번도 이 나라를 떠난 적이 없는데 전 세계의 돈을 다 가지고 있어.

당신은 부자네.

그는 고개를 끄덕였다.

응, 나는 정말 부자야. 돈이 많아서가 아니라 여기, 마음이 많으니까.

그는 왼쪽 가슴에 손을 얹은 채로 그렇게 말했다. 하지만 돈 도 많은 것이 분명했다.

나는 이곳에 왔던 많은 외국인 친구들을 사귀었지만, 그중 에 단 한 사람도 다시 보지는 못했어. 그래도 나는 그들을 친 구라고 부르지.

그가 약간의 냉소가 섞인 웃음을 지었다.

쏭, 너는 언제 이곳을 떠날 생각이야?

글쎄.

그는 내게 그의 조그만 캠코더를 건네며 말했다.

떠나기 전에 여기 들어 있는 테이프를 다 채워. 다 채우면 그때 떠나는 걸로 하자. 테이프를 너에게 선물할게. 어때?

그때 누군가 이층에서 내려왔다. 아기를 안고 있는 젊은 여자였다. 헬로, 내가 인사하자 여자는 쑥스러운 듯 눈인사를 건넸다. 아이가 칭얼거렸다. 이 사람이 두번째 부인일까 생각하고 있는 내게, 안와는 그녀가 자신의 며느리라고 말했다.

내게는 아들이 셋 있고, 손주가 다섯이야. 큰아들네 가족은 이 집에서 같이 살아.

대가족이네.

여자는 건너편 소파에 걸터앉았다. 나는 아기가 귀엽다고 말해보았다. 여자는 또다시 대꾸 없이 웃기만 했다. 난 이제 갈게, 하고 내가 자리에서 일어나자 안와가 말했다.

혼자 호텔에 찾아갈 수 있겠어?

생각해보니 불가능했다. 나는 고개를 가로저었다. 안와가 여자에게 뭐라고 말하더니 자리에서 일어났다. 나는 별도리 없이 그를 따라 집을 나섰다. 그는 주머니에서 커다란 선글라스를 꺼내 썼다. 입고 있는 옷과 어울리지 않아서 조금 우스웠다.

안와. 나보다 스무 살 이상 나이가 많고, 부인이 둘이고, 손주가 다섯인 그가 왜 나를 친구라고 부르고 싶어하는지 알 수 없었지만, 어째서인지 나 역시 그에게 알 수 없는 친근감을 느졌다. 나는 곧 이곳을 떠날 것이고, 다시는 그를 볼 수 없을 거라는 사실이 나를 너그럽게 했다. 여행지에서의 인연은 그런 거라고. 여기 머무는 동안에는 그와 '친구'로 지내도 나쁘지 않을 거라고.

*

괜찮아요?

그날 내 곁에서 담배를 피우고 있던 한 남자가 그렇게 물었다. 행정법 수업 내내 내 옆자리에 앉아서 졸던 남자. 나는 촬영을 위해 강의실 뒤쪽에 서 있었고 학생들이 몇 명 앉아 있었다. 그들은 하나같이 강렬한 잠기운을 뿜어내고 있었고, 역시 반 가사 상태였던 나도 카메라로 선생을 쫓아다니기 바빴다. 졸다보면 어느 순간 선생이 프레임 밖으로 사라져 있는 것이었다. 몇 번이고 허벅지를 꼬집어야 했다. 쉬는 시간이 되자마자 자판기 커피를 두 잔 연속으로 마셨다.

굉장히 괴로워 보이던데, 아까 보니까.

남자가 졸린 듯한 목소리로 말했다.

그쪽도요.

내 말에 남자는 피식 웃더니 담배를 한 모금 더 피운다. 나는 커피를 한 모금 더 홀짝인다. 그게 우리의 첫 장면.

촬영이 끝나고 학원 건물을 나서는데 그가 나를 기다리고 있었다. 그날 처음 본 남자가 나를 기다리고 있었다는 게 싫지 않았던 걸 보면, 좀전의 그 짧고 실없는 대화에서 나도 모르게 그에게 호감을 느꼈던 것 같다. 그는 자연스럽게 내가 메고 있던 묵직한 카메라 가방을 자신의 어깨로 옮겨 멨고, 우리는 함께 지하철역까지 걸었다. 그는 지난해 행정고시에 도전했다가 떨어지고, 올해 다시 준비하고 있다고 했다.

딱 삼 년만 해보려고요, 그는 말했다. 역까지 걷고 보니 그는 지하철을 타려는 게 아니었고, 근처 독서실에 갈 거라고 했다. 그런 사소한 친절에도 나를 좋아하나, 라고 생각하던 시절이었다. 그때부터 내가 촬영을 하러 학원에 가는 날이면 어김없이 그가 나를 지하철역까지 바래다줬다.

자연스러운 마음의 끌림. 그런 게 사랑이라고 생각했다. 우리가 주로 하던 것은 데이트라고 하면 데이트라고 할 수 있고 아니라고 하면 아니라고 할 수 있는 종류의 것이었다. 담배 한 대 나눠 피우고, 동네 골목을 걸어다니다가 아무데나 앉아서 쉬고, 싱겁게 농담하고, 입맞추고, 바래다주고, 헤어지고 그런 것들. 그와의 연애는 나의 시간이, 혹은 젊음이 그저 무의미하게 흘러가고만 있는 것은 아니라고 믿게 해줬다. 아무것도 하지 않아도, 무엇이 되지 않아도 충분하다고 느끼게 했다. 하지만 그건 착각이었다.

삼 년은 빠르게 지나갔고, 그는 계속했다. 이제 와 달리 뭘 할 수 있겠어, 그는 말했다. 마치 삼 년 전에는 이렇게 될 줄 몰랐다는 듯. 하지만 마음속 깊은 곳에서는 알고 있었을 거라고 생각한다. 나도 알았으니까. 삼 년 후에 우리는 지금보다 겁이 많아지고, 재밌는 것들이 적어지고, 조금 더 슬프고 무기력해질 거라고.

그는 언제나 자신에게 자격이 없는 것처럼 말했다. 행복을 닮은, 행복에 가까운 것들을 전부 '합격'이란 단어 뒤로 미뤄놓고선, 자기에게 어울린다고 생각되는 불행만을 몸에 걸친 채 오들오들 떨고 있었다. 해줄 수 있는 게 없었다. 바로 옆에 있는데도 가끔씩 그가 말도 안 되게 보고 싶었다. 그는 늘 내게 괜찮냐고 물었다. 잠은 잘 잤는지, 밥은 챙겨 먹었는지, 모든 게 괜찮은지 그는 내게 묻곤 했지만, 그래서 나는 나 역시 그에게 그 이상을 물어볼 수는 없겠다고 생각했다.

말의 홍수보다는 말의 빈곤이, 그보다는 침묵이 언제나 나았다. 그래서 우리는 대부분 침묵했고 그 침묵에 만족했다. 그리고 결국에는, 서로에 대해서 아무것도 모르게 되었다.

*

동틀 무렵 멀리 사원으로부터 누군가 노래하듯 기도하는 소리가 고요함 속에 스미듯이 울려퍼진다. 나는 비몽사몽간에 커튼을 아름답게 만드는 아침햇살을 지켜보다가, 안와가 준 캠코더를 꺼내서 그 장면을 담는다. 그리고 다시 잠든다.

문득 깨어났을 때 아까의 빛나던 햇살은 꿈의 일부였던 것처럼 날씨는 흐렸고 비둘기들만이 번잡하게 날아다녔다. 멀리 바라다보이는 폐허의 풍광이 낯설었다. 사막 한가운데 홀로 살아 있는 기분.

돌풍이 불어 창밖에는 먼지가 뿌옇다. 그리고 다시 정전. 팬이 천천히, 천천히 돌아가다가 곧 멈춘다. 시간이 천천히, 천천히 멈춘다. 시계를 보지 않는다.

그때, 쿵쿵, 누군가 문을 두드렸다.

이봐, 아직 자고 있는 거야? 지금 카메라 들고 옥상으로 올라와야 해.

안와였다. 나는 대충 옷을 챙겨입고 방을 나섰다. 옥상에 올라가자 안와가 다급하게 손짓했다. 일층 지붕 위에 몸이 푸른 공작새가 앉아 있었다.

어때?

아름다워.

그렇지?

꼬리를 펼치지 않았는데도 충분히 아름답네.

그렇지?

그가 계속해서 되물었다. 몇 번인가 셔터를 눌렀고 함께 아침을 먹었다. 토스트를 한입 썹어 삼킨 뒤 안와가 말했다.

이곳에서는 일찍 일어나야 해. 낮에는 더워서 돌아다니기 힘들고, 밤에는 어두워서 위험하니까. 그러니까 해가 막 뜰 때 일어나서 움직여. 알겠어?

나는 고개를 끄덕였다.

오늘은 뭘 할 생각이야?

안와가 물었다.

글쎄, 잘 모르겠어.

그는 평야 한구석의 폐허를 가리키며 말했다.

저기 가봤어?

아니.

같이 가볼래? 내가 데려다줄게.

그래, 나는 고개를 끄덕였다. 안와의 얼굴에 작은 기쁨이 감돌았다.

그럼 해질 무렵에 모스크에서 만나자. 해질녘의 올드 시티는 얼마나 아름다운지 몰라.

침대에 엎드려 조금 졸았다. 천천히 채비를 하고, 카메라를 챙겨 숙소를 나섰다. 모스크로 찾아갔을 때, 광장 한가운데 사람들이 모여 있었다. 다가가보니 흰옷을 입은 남자들이 아코

디언처럼 생긴 악기를 두드리며 노래를 부르고 있었고, 안와도 그 틈에 앉아 있었다. 챙 없는 주황색 모자를 쓰고서. 바닥에 떨어져 있는 붉은 꽃잎들도 보였다.

동그랗게 모여 앉은 사람들 사이로 차파티가 가득 담긴 쟁반이 보였다. 예배랄까 의식이랄까 나로서는 알 수 없는 그것이 끝나자, 안와를 포함해 흰옷을 입은 이들이 모여든 군중에게 차파티를 하나씩 나누어주기 시작했다. 사람들이 아무런 질서 없이 안와 앞으로 몰려들어 손을 뻗었다. 그들 틈에 서 있는 커다란 키의 그는 제법 권위 있는, 존경받을 만한 존재처럼 보였고 낯설었다. 오늘 아침 나와 함께 토스트에 무화과잼을 발라 먹던 사람은 아닌 것 같았다.

카스트제도가 오래전 폐지되었다는 것은 알고 있었지만, 이곳은 여전히 계급사회라는 것을 여정중에 온몸으로 느낄 수 있었다. 그는 무슬림이므로 브라만 계급은 아닐 테지만, 그래도 이곳에서 그런 새하얀 옷을 입을 수 있는 사람은 몇 되지 않을 터였다. 그렇게 좋은 렌즈가 달린 카메라를, 그렇게 넓은 집을 가질 수 있는 사람은.

나는 멀찌감치 물러나, 이제는 얼굴이 익숙해진 몇몇 꼬마들과 장난을 치고 있었다. 행사가 끝났는지 안와가 내 곁으로 다가오더니 짓궂게 물었다.

여긴 뭐하러 왔어?

나는 대답했다.

아무것도. 당신을 따라다닐 거야.

그는 씩 웃었다. 조용히 웃는 얼굴이 좋았다. 나는 그를 따라 걸었다.

방금 그건 뭐였어?

내가 묻자 안와가 카왈리, 하고 대답했다.

카왈리?

오늘은 셰이크 살림 치스티의 기일이야. 저 묘의 주인.

오랫동안 기다려온 아들을 점지해준 그 성자를 위해, 아크바르 황제는 무굴제국의 수도를 이곳으로 옮겼다. 단지 십사 년 동안. 십사 년 후 수도는 다시 어딘가로 옮겨졌고, 이곳은 이렇게 붉고 메마른 채로 남겨졌다는 이야기. 고고학자들에게 발견될 때까지 사백 년 동안 잊힌 채로.

기일? 생일이 아니고?

내 말에 안와가 웃었다.

그가 죽음으로써 신과 하나가 된 걸 기념하는 거야. 이렇게 모여서 기뻐하고 먹을 것도 나눠줘.

안와는 앞장서서 걸었다. 우리는 지는 해를 배경으로 올드 시티까지 산책했다. 모스크에서 이어진 지름길을 따라 걸었다. 달은 어제보다 약간 더 뚱뚱해졌다. 버려진 건물들의 잔해와 메마르고 갈라진 바위가 모래 먼지에 뒤덮인 채로 그저 있었다.

폐허의 절대적 아름다움. 나는 이제 그 말을 조금은 이해할 수 있을 것 같았고, 이 풍경을 다 담기에는 프레임이 턱없이 모자라다고 느꼈다. 내가 사진을 몇 장 찍는 동안 안와는 나를 캠코더로 찍었다. 혹은 내가 캠코더로 안와를 찍었다. 그는 어색해하거나 피하지 않고 언제나 렌즈를 똑바로 바라보았다. 마치 내 눈을 똑바로 마주보는 것 같았다.

붉은 해가 지평선에 흥건했다. 노을이 모든 말을 지워버렸고 주위는 천천히 어두워졌다. 성루에 나란히 걸터앉아 평야를 내려다보는데, 문득 안와가 물었다.

너는 신을 믿어?

잘 모르겠어, 하고 나는 고개를 저었다.

하지만 있을지도 모른다고 생각해.

그렇다면 믿는 거네.

나는 잠시 머뭇거리다가 물었다.

안와, 당신이 믿는 신은 어떤 신이야?

그는 잠시 생각에 잠겼다.

아마도 네가 믿는 신과 같은 신일 거야.

정말 그럴까?

내가 의심하자 그는 조용한 목소리로 말했다.

글쎄, 나도 잘 모르겠어. 하지만 우리가 믿는 신이 서로 다른 신이라면, 우리가 지금 이곳에서 만난 것을 어떻게 설명할 수 있을까?

그럴지도. 그럴지도 모른다고 생각했다. 그때 안와가 조용한 목소리로 속삭이듯 말했다.

쏭, 나한테는 비밀이 하나 있어.

그게 뭔데?

그는 잠깐 망설이더니, 이윽고 입을 뗐다.

나는 사람들이 기도하는 걸 도와주지만, 사실 나 자신은 기도를 하지 않아. 메카를 향해 엎드리고 기도문을 외지만 그게 기도라고 생각하지는 않아.

나는 뭐라고 대꾸해야 할지 몰라서 가만히 있었다.

그리고 나는, 천국과 지옥을 믿지 않아.

그는 나를 보지 않은 채 고해성사하듯 허공에 대고 말했다.

방금 신을 믿는다고 했잖아.

안와는 고개를 끄덕였다.

물론. 하지만 내가 믿는 신은 천국에 살지 않아. 나는 지금, 여기의 아름다움만을 믿어.

나는 상상했다. 지금, 여기의 신. 작은 것들의 신을. 안와가 조용히 한마디를 덧붙였다.

나는 가끔씩 내 삶이, 필름이 들어 있지 않은 카메라로 셔터를 누르는 것처럼 느껴져.

더는 아무 말 없이 곁에 앉아 있는 안와를 바라보는데, 머릿
속에 어떤 장면 하나가 떠올랐다. 내가 살던 골목, 어느 대문
앞에 의자가 하나 놓여 있었다. 잔뜩 녹슬어 있었다는 사실을
숨기려는 듯 흰색 페인트로 엉성하게 칠해진 의자. 누군가 앉
아 있는 것을 한 번도 본 적 없는데도, 어째서인지 그 의자는
대문 옆 가로등에 쇠사슬로 묶여 있었다. 가로등에 불이 켜지
면, 그 의자는 마치 텅 빈 무대에서 스포트라이트를 받으며 서
있는 노년의 배우처럼 거기 있었다. 혹은 거칠지만 힘없는 어
떤 짐승처럼.

나는 그가 누구인지 모른다. 그가 어떤 삶을 살아왔는지도.
만약 그가 내게 그에 관한 모든 사실을 빠짐없이 말해준다고
해도 나는 그것을 하나의 이야기로 엮어내지 못할 것이다. 이
해하지 못할 것이다. 하지만 그 순간 나는 이 별 볼 일 없는 도
시가 내 마음에 꼭 들었던 이유를, 머물수록 떠나고 싶지 않았
던 이유를, 이 나이든 남자가 더없이 편안하고 친근하게 느껴
졌던 이유를 깨달았다. 그와 나, 그리고 이 도시는 서로 닮아
있었다.

문득 안와가 멀리 보이는 거대한 불랜드 다와자를 가리키며
말했다.

저 문에 뭐라고 새겨져 있는지 알아?

고개를 가로젓는 나에게 안와가 말했다.

이 세상은 다리. 이곳에 집을 지으려 하지 말고 건너가라.

*

해가 뜰 때면 폐허를 바라보며 함께 식사를 하고, 해가 질 때면 함께 폐허를 걸어 돌아온다. 아홉 번 해가 뜨고 지는 동안 함께였다. 달이 조금씩 그 모양을 바꾸는 동안. 각자의 모국어가 아닌 언어로, 하려는 이야기의 채 절반도 전달하지 못하지만, 그러므로 어쩌면 완벽하게 서로를 오해하면서, 다행히도, 오해하면서 우리는 조용히 다음 이야기를 기다렸다. 그리고 서로가 찾지 못하는 단어를 찾아주었다. 혹은 찾으려고 애썼다.

마지막 밤, 나는 옥상에서 오지 않는 안와를 기다렸다. 안와가 안 와, 그렇게 말하며 혼자 웃었다. 나는 미지근한 콜라를 마시며 냅킨으로 종이학을 접었다. 그러고 나서 한 손으로는 다 접은 종이학의 꼬리를 잡고 은은하게 빛나는 달을 향해 날아가게 하면서, 다른 한 손으로는 캠코더를 들고 그것을 찍었다.

멋진데.

어느샌가 안와가 나타나서는 내가 만든 종이학을 가리켰다.

공작을 만든 거야?

아니. 하지만 비슷한 거야.

나는 선물, 하고 종이학을 그에게 건넸다. 그는 조심스럽게 그것을 받아들더니 말했다.

이건 아직 꼬리를 펼치지 않은 공작이야.

네가 그렇게 생각한다면, 그런 거겠지.

나는 말했다.

이것도 돌려줄게.

나는 캠코더를 그에게 건넸다.

다 찍었어?

아니, 나는 고개를 저었다.

그럼 아직 못 가는 거잖아.

그는 장난스럽게 말했다.

가야 해. 당신 때문에 이곳에 열흘이나 있었잖아.

나 때문이었어? 그렇다면 기쁜데.

그는 조용히 웃었다. 그러고는 캠코더에서 테이프를 꺼내서 내밀었다.

자, 나를 잊지 말아줘.

나는 말없이 그것을 건네받았다. 한 손에 쏙 들어오는 이 작은 테이프는 아마도 내 책상 서랍 한구석에서 조용히 잊혀가겠지. 필름은 현상되지 않을 것이고, 언젠가 나는 그를 잊을 것이다.

다만 그 순간 나는 알았다. 영원히 살 수 있는 꿈 같은 건 없다는 것을. 이 순간은 오직 지금뿐이라는 것을. 어떤 오늘도 내게 너무 늦지는 않았다는 것을.

고래 사냥

룸메씨의 부모님은 인천 석모도의 어느 해안가에서 민박집을 운영한다고 했다. 룸메씨가 세상에 태어났을 때도, 열아홉 해를 자라 섬을 떠날 때까지도, 대학을 졸업한 지 이 년이 다 되어가는 지금까지도. 그 당연한 사실이 룸메씨는 때로 숨막힐 듯 답답했다. 한자리에 붙박인 채로 미동 않는 삶이라니. 룸메씨의 부모님 모두 석모도가 고향이었고, 젊은 시절 잠시 육지에 머물기도 했지만 결국 섬으로 돌아와 완전히 자리를 잡았다고 했다.

부모님의 어릴 적 꿈이 민박집 주인은 아니었을 텐데, 그렇다면 무엇이 되고 싶었는지 물어본 적은 없다고 했다. 룸메씨가 알기로 민박집 지붕은 단 한 번도 흰색인 적이 없었지만 민박집 상호는 '하얀 지붕 민박'이었다. 이름을 왜 그렇게 지었는지 역시 부모님에게 한 번쯤 물어보고 싶었지만 매번 잊어버렸다. 하고 싶었던 질문들은 늘 타이밍을 비껴 머릿속에 떠올랐다.

그래도 유년 시절의 룸메씨는 파란 지붕의 '하얀 지붕 민박'과 그 섬을 사랑했다. 단 하루도 같지 않은 노을과 초여름이면 해변에 흐드러지던 해당화, 갯벌에 사는 작은 게들이 동글동글 쌓아놓은 흙무덤까지. 여름 휴가철이 다가오면 섬은 달궈지기 시작한 압력밥솥처럼, 펌프질에 부풀어가는 풍선처럼 서서히 팽팽해졌다.

충분히 즐겁지 않고서는 돌아가지 않겠다는 손님들의 의지와, 겨울을 위해 식량을 비축하는 동물들처럼 성수기의 호황을 놓치지 않으려는 섬사람들의 의지가 만나 치열한 균형을 이루었다. 룸메씨는 여름날의 공기를 더 뜨겁게 덥히는 그 치열함이 싫지만은 않았다. 사람들은 취하고, 난동을 부리고, 해변을 더럽혔지만, 그 역시 축제의 빼놓을 수 없는 일부라고 생각했다.

휴가철이 끝나고, 인파가 빠져나간 해변에서 이런저런 것들을 줍는 것이 룸메씨의 한때의 취미였다. 거기에는 한쪽 알이 빠진 선글라스, 동전들(간혹 지폐들), 플라스틱 보석이 박힌 머리핀이나 짝 없는 귀걸이, 아기 딸랑이도 있었다. 지갑이나 휴대폰을 주울 때도 있었지만 그런 건 별로 흥미롭지 않았다. 옅은 무늬의 조개와 소라껍데기, 조그만 불가사리, 새의 깃털이나 반질반질해진 색색의 유릿조각들도 그냥 지나치기 힘든 것들이었다.

룸메씨는 해변에서 수집한 보물들을 종이 상자 안에 넣어 침대 밑에 보관했다. 그 자체도 보물이었던 상자는 언젠가 어떤 어른이 룸메씨에게 선물한, 황홀하기 짝이 없었던 '종합과자선물세트'의 빈 박스였다.

근데 절망적인 건 이거지.

룸메씨가 말했다. 보물 상자 안의 대부분이 보물이 아니었다는 걸, 예쁜 쓰레기에 불과했다는 걸 깨닫게 되는 순간이 온다는 것. 지난번에 고향집에 가서 룸메씨는 열어서는 안 되는 상자를 열었다. 오래전 읽었던, 어느 젊은이가 금기를 어기고 상자를 열자 순식간에 노인이 되어버렸다는 옛날이야기처럼, 그 순간 룸메씨는 폭삭 늙어버린 것만 같았다.

*

술 마시고 노래하고 춤을 춰봐도 가슴에는 하나 가득 슬픔뿐이네.

룸메씨가 매트리스 위에 대자로 누워 또다시 노래를 흥얼거렸다. 오전 내내 비가 내려 방안에는 해가 들지 않았고, 그래서인지 룸메씨는 물먹은 솜처럼 평소보다 한층 더 축 늘어져 있었다. 요즘 룸메씨와 나는 캔맥주를 마시며 유튜브로 오래된 한국 영화들을 한 편씩 보는 것으로 일과를 마무리하곤 했는데, 1975년 작 〈바보들의 행진〉을 보고 난 후로 룸메씨는 영화에 삽입된 그 노래를 입에 달고 살았다. 송창식의 〈고래사냥〉. 이따금 코인 노래방에 가면 '자! 떠나자, 동해 바다로!' 하면서 고래고래 불러대서 조금 창피할 정도였지만, 평상시에는 꼭 클라이맥스에 도달하기 직전까지만 불렀다. 무엇을 할 것인가 둘러보아도, 보이는 건 모두가 돌아앉았네, 꼭 여기까지만.

노래방 갈래?

내 말에 룸메씨는 고개를 가로저었다. 룸메씨는 부모님에게 생활비를 지원받으면서 다시 공무원 시험을 준비하고 있었다. 자존심은 상했지만, 막상 부모님께 지원을 끊으라고 말할 용기도 없었다. 나는 주중에는 여기저기 지원서를 넣거나 면접을 보러 다니고 토익 공부를 했으며, 주말에는 편의점에서 아르바이트를 했다.

이 년째 그런 일상이 반복되고 있었다. 우리는 제일 저렴한 시리얼로 아침을 먹고, 점심에는 참치 캔 하나 따는 것을 세상 고민하면서도, 저녁이 되면 편의점에서 제일 비싼 수입 맥주를 종류별로 돌아가며 하나씩 사다 먹었다. 그건 일종의 보상이었다. 오늘 하루를 열심히 살아냈다는 데 대한 보상이 아니라, '아무 일 없음'을 또 하루 견뎌냈다는 데 대한.

룸메씨와 나는 대학교 1학년 때 기숙사 룸메이트로 만났다. 그때 룸메씨는 매우 혼란스러운 상태였고, 어쩔 줄 모르고 있었다. 십대 시절 룸메씨의 꿈은 줄곧 섬을 떠나는 것이었다. 하지만 막상 섬을 떠나게 되자 룸메씨는 당황했다. 그후의 일은 생각해본 적이 없었던 것이다.

당시 나로 말할 것 같으면, 재수를 했는데도 원하던 대학에 또다시 떨어지고서 거의 자포자기 상태였다. 삼수를 하고 싶지는 않았기 때문에, 성적에 맞춰 생각지도 않은 대학에 생각지도 않은 전공으로 입학한 참이었으므로 어쩔 줄 모르기는 매한가지였다. 그런 이유로, 3학년 때 학점 미달로 나란히 쫓겨날 때까지 우리가 함께 살던 기숙사 506호에는 각종 체념과 불안이 줄곧 먼지처럼 떠다니고 있었으나, 지금 이 작은 원룸에 가득차 있는 것과는 농도와 밀도가 달랐다.

룸메씨는 요즘 책상 앞에 십 분쯤 앉아 있다가는 이내 좀비처럼 매트리스로 기어가곤 했다. 누워서 휴대폰을 들여다보거나 얼빠진 얼굴로 노래를 흥얼거리다가 잠에 빠져들었다. 깨어나서는 자괴감에 머리를 쥐어뜯으며 다시 책상 앞에 앉았고, 다시 매트리스로, 다시 책상으로. 그러다 밤이 오고, 캔맥주를 따는 순간에만 조금 기쁘고, 다시 '가슴에는 하나 가득 슬픔뿐'인 상태로 되돌아가고 마는 것이었다. 그런 룸메씨를 곁에서 지켜보는 것만으로 나의 기력마저 쇠하는 느낌이었다. 물론 나의 기력이라는 것도 아주 조그맣고 보잘것없는 것이어서, 애써 불씨를 지키지 않으면 순식간에 꺼질 수도 있었다.

그럼, 바이킹 타러 갈래?

내 말에 룸메씨가 몸을 벌떡 일으키더니 말했다.

지금?

룸메씨가 놀란 눈으로 되물었다. 얼굴에 약간의 생기가 감돌고 있었다. 지금 당장 가자는 뜻은 아니었지만, 생각해보니 지금이 아닐 이유도 없었다. 비는 이미 그쳐 있었다.

응, 지금.

휴대폰으로 시계를 보았다. 오후 세시, 목요일.

검색해보니 월미도까지는 지하철과 버스로 한 시간 반 정도 걸린다고 했다. 나쁘지 않았다. 룸메씨가 간만에 의욕적으로 씻는 동안, 나는 설거지를 하고 눅눅해진 빨래를 갰다. 나는 월미도에 한 번도 가본 적이 없었다. 디스코팡팡과 바이킹이 유명하다는 이야기만 들었다. 바이킹이 고장나서 누가 죽었다는 이야기도 들었던 것 같은데, 사실인지 아닌지는 몰랐다. 룸메씨도 디스코팡팡은 타본 적이 없다고 했다. 오직 바이킹, 바이킹.

룸메씨는 강화도에서 고등학교를 다녔고, 그때도 삼 년간 기숙사에 살았다. 때로 삶이 견딜 수 없이 시시하게 느껴질 때면, 수업을 째고 몰래 빠져나와 월미도로 향했다. 내일 선생님한테 혼날 것도, 왕복 네 시간 동안 버스를 타야 하는 것도 상관없었다. 석모도에서 강화도로, 강화도에서 월미도로. 섬에서 또 섬이로구나, 언제 끝이 나나 하다가도 막상 바이킹이 하늘을 찌를 듯이 솟아오르면, 다 잊었다.

엉덩이가 공중에서 떠오르는 순간 찰나의 우주를 느낄 수 있었고, 곧바로 다시 중력에 사로잡힐 때면 룸메씨는 살아 있음을 실감했다. 진공 상태로 떠오를 때가 아니라 붙잡혀 돌아올 때. 지구는 나를 이토록 끌어당기는구나. 놓아버리지 않는구나. 기울어진 채 멀리 수평선에 돋아 있는 낮은 섬들을 바라보노라면, 발 딛고 있는 대지가 얼마나 단단하고 안온한 것인지 깨닫게 되곤 했다고.

언젠가 룸메씨가 내게 해준 그 얘기를 기억하고 있었다. 그리고 어쩌면 바로 지금이, 룸메씨가 바이킹을 타야 하는 시점이 아닌가 싶었던 것이다. 어쩌면 나도.

한껏 끌어당겨지고 싶었다. 삶 쪽으로.

*

신도림역에서 지하철을 갈아탔을 때는 사람들로 붐볐지만
얼마 안 가 금방 자리가 났다. 룸메씨는 내게 몸을 기댄 채로
내내 졸더니 주안역을 지날 때쯤 잠에서 깨어났다. 객실 안에
는 우리 두 사람 외에는 아무도 남아 있지 않았다. 창밖으로
보이는 하늘에는 구름이 가득했고, 하나같이 무뚝뚝하게 생긴
낡은 건물들이 스쳐지나갔다.

월미도에 우리 둘밖에 없는 거 아냐?

그러면 더 좋지 않아? 근데 그럴 리 없어.

룸메씨가 말했다. 인천역을 빠져나오자 바로 눈앞에 차이나
타운의 입구가 보였다. 짜장면이 조금 먹고 싶었지만 배불리
먹고 나면 바이킹을 못 탈 것 같았다. 버스를 타고 얼마 안 가
서 월미공원 정류장에 내렸다. 길가에는 커다란 개 두 마리를
산책시키는 아주머니 외에는 아무도 없었는데, 유원지로 접어
드는 모퉁이를 채 돌기도 전에 비명이 들려왔다. 웬걸, 바이킹
이 세 대나 있었다.

와, 뭐지. 옛날엔 한 대밖에 없었는데. 저게 오리지널이야.

가운데 있는 바이킹을 가리키며 룸메씨가 말했다.

저걸 타자.

유원지 안으로 들어서자 커다란 배가 선착장 안으로 들어오

고 있었다. 영종도에서 오는 배라고 했다. 사람들이 나른한 얼굴로 배에서 걸어나오는 동안 갈매기떼가 주변을 바쁘게 날아다녔다.

섬의 가장자리를 따라 조금 걸었다. '키치'라는 단어를 섬으로 표현한다면 딱 이런 모습일 것 같았다. 탕후루 모형이 분수처럼 꽂혀 있는 손수레와, 꼬치와 술을 함께 파는 포장마차, 비비탄 사격장과 횟집, 카페와 경양식집이 혼잡하게 뒤섞여 있었다. 곳곳에 동물 조각상이 놓여 있었는데 닭이 캥거루만했고, 돼지와 펭귄이 나란히 있었다. 예전에는 없던 것들이라고 했다. 노력할수록 나빠진다는 게 딱 이런 게 아닐까 싶었다. 하지만 사람들은 모두 신나 보였다.

날씨가 궂은데도 사람은 충분히 많았다. 커플 혹은 아이들과 함께 온 가족이 대부분이었지만 바다를 향해 낚싯대를 드리운 채 소주잔을 기울이고 있는 아저씨들도 꽤 있었다. 어쩌면 룸메씨가 말했던 게 이런 걸까, 있는 힘껏 즐거워하려는 사람들의 의지와 월미도 상인들의 의지가 뒤섞여 묘한 열기를 뿜어내고 있었다.

구름이 서서히 걷히고, 해가 넘어가려 하고 있었다. 오전에 내린 비는 여지없이 봄을 머금고 있었지만 아직은 날이 쌀쌀했다. 우리는 근처 카페에서 이천오백원짜리 따뜻한 아메리카

노를 한 잔 사서 벤치에 앉아 나눠 마셨다. 한 커플이 새우깡을 쥔 손을 한껏 뻗은 채 서 있었다. 갈매기가 크게 선회하며 날아오더니 새우깡을 낚아챘고, 또다른 갈매기가 와서 똑같이 했다. 계속해서, 계속해서 그렇게 했다. 그 모습을 한참 동안 넋 놓고 바라보고 있는데 문득 룸메씨가 말했다.

그런 상상을 해봤어.

어떤?

조만간 고향으로 돌아가는 거야. 공무원 공부야 어디서든 할 수 있으니까. 부모님 일을 좀 도와드리면 지금보다는 맘이 편하지 않을까?

룸메씨는 계속해서 말했다.

근데 내가 계속 시험에 떨어지는 거야. 한 육 년 정도 더 하다가, 그냥 민박집을 물려받아야겠다, 마음먹어. 부모님은 티는 안 내지만 사실 좋아하지. 저걸 대체 어쩌면 좋냐, 쫓아낼까, 하고 있던 참이었거든. 그러던 어느 날 내가 동네 마트에 갔다가 어릴 적 친구를 우연히 다시 만나는 거야. 그애는 서울에서 직장생활을 했는데, 너무 답답하고 옛날 생각이 나서 퇴사하고 돌아왔대. 우리는 일사천리로 결혼해서 민박집을 물려받아. 나는 지붕을 하얀색으로 바꾸자고 하고, 남편은 민박집 이름을 '파란 지붕 민박'으로 바꾸자고 하면서 싸워. 엄마 아빠는 아파트에서 살고 싶다면서 영종도로 가버렸고. 남편이랑 나는 애를 둘이나 낳고 잘 살아.

나쁘지 않네. 그럼 나는?

내가 물었다.

너?

룸메씨는 잠시 생각하더니 말했다.

너는 겨울이 되면 섬에 놀러오는 거야. 사람 많은 걸 싫어하니까 겨울에만 오지. 우리 애들은 너를 겨울에 오는 이모라고 불러. 근데 애들이 좀 크더니만 자꾸 너희 집에 가서 살면 안 되냐고 그러는 거야. 섬이 지긋지긋하다고. 그래서 여름방학 때는 애들이 너희 집에 가서 지내. 한창 바쁠 때는 남편이랑 내가 애들 봐줄 시간이 없거든. 너는 혼자 산 지 오래돼서 우리 애들이 오는 걸 좋아해.

왜 나는 혼자 살아?

내가 반발하자 룸메씨가 말했다.

너는 승진하느라 바빠서 연애를 못했으니까. 너는 대기업 부장님이 돼서 한강이 보이는 아파트에 사는데, 집이 너무 넓어서 적적하거든. 방이 네 개인데 너는 침실 하나밖에 안 쓰는 거야. 방 하나는 창고나 다름없고. 그래서 나머지 두 방에는 우리 애들 이름이 붙어 있어. 나연이 방, 다현이 방, 이렇게.

뭔가 트와이스 아냐?

그건 중요한 게 아니야, 들어봐, 하고 룸메씨가 대꾸했다.

그러다가 애들이 대학 가면, 방값도 아낄 겸 그냥 너희 집에서 사는 거야.

나는 어이가 없어서 웃었다.

월세 받을 거거든, 내가 말했다.

아 참, 월세는 내가 준다는데도 네가 한사코 안 받겠다고해. 왜냐면 너는 우리 애들이랑 사는 게 너무 좋거든. 다시 젊어지는 기분도 들고 말이야.

룸메씨가 그렇게 말하고는 깔깔거렸다. 나도 따라 웃었다.

부장님까지는 바라지 않는데.

그래?

근데 한강 뷰 아파트는 괜찮아, 내가 말했다.

나쁘지 않지?

응, 나쁘지 않아.

한참을 다시 아무 말이 없다가 룸메씨가 말했다.

잊고 있었네.

뭘?

석모도의 노을이 얼마나 끝내줬는지. 본 적 있어?

가본 적도 없는데.

그러게. 여태 왜 한 번도 같이 안 갔지? 다음에 꼭 가자.

응, 하고 나는 고개를 끄덕였다.

팬티를 버릴 수도 있으니 바이킹 타기 전에 화장실을 다녀와야겠다며 룸메씨가 자리에서 일어났다.

근데 너도 탈 거야?

룸메씨가 물었다.

무섭긴 한데, 내가 망설이자 룸메씨가 말했다.

타면 후회할 거야.

그래? 그럼 타지 말까?

근데 안 타도 후회할 거야. 너도 화장실 가자.

*

화장실에서 먼저 나와 룸메씨를 기다리고 있는데 바로 옆에서 커다란 돌고래 풍선을 팔고 있었다. 어둑해져가는 하늘에 구름 사이로 초승달이 떠올라 있었고, 돌고래들은 꼭 그 달처럼 몸이 휘어 있었다. 가격을 듣고 잠시 망설였지만 그래도 하나 샀다. 분홍과 파랑 중에 파랑 돌고래로. 다가오는 룸메씨에게 돌고래를 건네자, 룸메씨는 아이처럼 활짝 웃었다. 그렇게 해사하게 웃는 걸 얼마 만에 보는 건가 싶었다. 룸메씨는 내가 아는 사람 중에 가장 쉽게 웃고, 가장 크게 우는 사람이었는데. 꽤 오랫동안 웃는 것도 우는 것도 보지 못했다.

이제 고래 잡았으니까, 제발 그 노래 좀 그만 불러.

내 말에 룸메씨가 킥킥거리며 알겠다고 했다.

놀이기구들 쪽으로 다가가자 디스코팡팡 앞에 사람들이 모여 있었다. 다들 마스크를 쓰고 있기는 했지만, 이곳은 전염병 따위와는 상관없는 무풍지대 같았다. 디스코팡팡 위에서 고통받는 사람들을 앉아서 구경하라고 그 앞에 벤치까지 놓여 있었다. DJ가 젊은 남자에게 짧은 치마를 입은 여자친구 허벅지 위로 다리를 올려서 가려주라느니, 한 손으로 끌어안아서 붙잡으라느니 떠들었고 사람들이 와아, 하고 웃었다.

요즘 세상에 저런 멘트를 월급 받고 하다니.

룸메씨가 혀를 찼다.

저 사람은 저 사람대로 고충이 있겠지.

룸메씨는 내 말에 별다른 대꾸 없이 변한 게 없네, 변한 게 없어, 중얼거렸다. 그러더니 한쪽 구석에 놓인 자동발권기를 발견하고는, 변한 게 있다고 말을 바꿨다. 표를 끊으러 갔던 룸메씨가 황당하다는 표정으로 돌아왔다.

헐, 오천원으로 올랐어.

원래 얼마였는데.

글쎄, 삼천원쯤 했던 것 같은데.

그래서 안 샀어?

샀어, 룸메씨가 영수증처럼 생긴 종이 티켓을 보여주었다. 그러고는 내게 돌고래 풍선을 자기 손목에 묶어달라고 했다. 나는 룸메씨의 오른쪽 손목에다 끈을 리본 모양으로 묶어주었다. 바이킹으로 향하는 철제 계단을 올라갔다. 직원에게 표를 내준 뒤, 룸메씨는 뒤에서 두번째 자리를 골랐다. 계단을 올라올 때까지만 해도 괜찮았는데, 막상 바이킹에 앉으니 숨이 턱 막혔다.

심호흡을 해, 룸메씨가 말했다.

나는 천천히 숨을 들이쉬고, 내쉬었다. 맞은편 뱃머리에서 험상궂게 생긴 후크 선장이 한쪽 눈에 안대를 한 채 나를 똑바로 쳐다보고 있었다. 잠시 후에 한 커플이 올라탔고, 초등학교 저학년으로 보이는 여자아이가 아빠와 함께 우리 바로 뒤에 자리를 잡았다. 내려온 안전바를 룸메씨가 흔들어보더니 말했다.

여전하네.

나는 룸메씨 곁에 몸을 딱 붙이고 앉아, 흔들리기는 해도 안전바이기는 한 그것을 꼭 붙들었다. 천천히 움직이기 시작했고, 이 정도면 괜찮은데, 생각하기가 무섭게 엉덩이가 공중으로 떠올랐다. 나도 모르게 으악, 하고 비명을 질렀다. 룸메씨가 큰 소리로 와하하하, 웃었다. 내 바로 뒤에 앉은 여자아이의 웃음소리도 귓가에 부서졌다. 아이 아빠는 억, 억, 하고 비명을 질렀다.

밤하늘에 이제 구름 따위는 없었다. 다만 선명한 초승달이, 초승달이라기엔 너무나 크고, 너무나 환한 달이 거기 있었다.

나는 안전바를 붙든 양손을 조금도 움직일 수 없었지만, 룸메씨는 하늘을 향해 한껏 손을 뻗었다. 마치 달의 날렵한 꼬리를 그대로 낚아채려는 듯이. 달에 손이 닿을 듯 말 듯한 순간마다 우리는 끌어당겨졌다. 엄청난 힘이었다. 눈을 감고 싶었지만, 그러기엔 너무 아름다웠다.

돌고래가 날고 있었다.

네 버 랜 드 에 서

고개를 들어. 고개를 들고 숨을 쉬어.

고개를 들 수가 없다고, 목과 팔다리를 동시에 가눌 수가 없다고 소리쳐도 형부는 같은 말만 계속했다. 형부는 중학생 때 선수 생활을 할 정도로 수영 실력이 좋았지만 가르치는 데는 젬병인 것 같았다. 아니, 아마 내게는 전혀 관심이 없어서였을 것이다. 여섯 살짜리 조카가 내 옆에서 제법 능숙하게 헤엄치고 있었고, 형부는 그런 조카의 모습을 휴대폰으로 찍느라 여념이 없었다. 내가 형부의 무관심 속에 허우적거리고 있을 때, 한 남자가 물살을 휘적휘적 가르며 곁으로 다가왔다. 그가 말했다.

내가 수영 가르쳐줄까?

아까 해변에 서 있던 젊은 남자였다. 나는 미심쩍어하면서
도 고개를 끄덕였다.

숨쉬기가 힘들면, 얼굴을 물속에 넣지 말고 해봐. 몸에 힘을
빼고, 이렇게.

남자는 얼굴을 물 밖으로 내민 채 팔다리를 움직였다. 내가
꿈꾸던 수영이란 그런 개헤엄은 아니었지만, 그래도 나는 그
대로 따라 해보았다. 이번에는 제법 앞으로 나아갈 수 있었다.
와, 정말 되네, 나는 신이 나서 외쳤다. 형부가 나를 보더니 성
의 없이 엄지를 들어올렸다.

배영도 가르쳐줄 수 있어.

남자가 말했다. 나도 배영은 할 수 있거든, 나는 대꾸했다.
배영이라기보다는 그저 누운 채로 물위에 떠 있는 것이었지
만. 숨을 마음껏 쉴 수 있으니 그 정도는 편안하게 할 수 있었
다. 나는 보란듯이 물위에 몸을 띄웠다. 하지만 방향을 바꿀
줄은 몰라서 물장구만 치고 있는데, 머리에 뭔가가 닿았다. 땅
을 딛고 일어서보니 남자의 허리에 닿은 것이었다.

우리는 동시에 웃었다. 해가 넘어가고 있었다. 순간 부서지
는 석양을 등지고 환하게 웃는 그가 아름답다고 생각했다. 나
는 론, 하고 남자가 자신의 이름을 말했고, 나도 내 이름을 알
려주었다. 그가 불쑥 손을 내밀었다. 우리는 악수했다.

*

　우리 가족이 2박 3일간 묵은 리조트는 태국 남쪽 바다 어느 작은 섬 위에 있었고, 이름이 '피터 팬'이었다. 피터 팬 말고도 웬디, 팅커벨, 후크라고 이름 붙은 리조트가 있는 섬들이 근처에 옹기종기 모여 있었다. 말하자면 이곳은 일종의 네버랜드. 우리 가족은 태국에 이런 곳이 존재하는지도 몰랐기 때문에, 형부가 아니었다면 아마 푸껫섬이나 치앙마이같이 잘 알려진 휴양지를 택했을 것이다. 형부는 한국 IT회사의 태국 지사에서 근무한 지 삼 년 남짓 되어가고 있었고, 작년에는 언니와 조카도 방콕으로 이사했다.

　공항에 도착했을 때, 형부가 준비해둔 밴이 우리를 기다리고 있었다. 고용한 운전사가 모는 밴을 타고 중간중간 쉬며 일곱 시간가량을 달렸다. 조그만 항구에 도착한 뒤 다시 배를 타고 삼십 분쯤 들어가서야 비로소 이곳이 모습을 드러냈다. 뭐 이렇게까지나 해서 와야 하는가 싶었지만, 막상 도착해보니 별세계였다. 섬에 발을 들여놓자마자 어마어마한 뷔페가 차려진 야외 식당으로 안내되었는데 그게 오후 간식이라고 했다. 저녁 만찬은 세 시간 뒤에.

　화려하다고 하긴 어려웠지만, 종류가 다양했고 맛도 나쁘지 않았다. 태국식 고기볶음과 반찬들, 샐러드와 미니 샌드위치,

열대과일 등 족히 스무 가지가 넘는 음식들이 준비되어 있었다. 엄마는 코코넛 밀크를 넣은 스티키 라이스가 맛있다고 했다. 망고를 곁들여 먹으라고 형부가 가르쳐주었다. 내 입에는 너무 달았다.

이게 간식이면 식사 때는 대체 뭐가 나오는 거예요?

내가 묻자 형부가 기대하라며 눈을 찡긋했다. 식사를 마친 뒤 해변 중앙에 있는, 오두막처럼 생긴 원형 바에서 아이스커피를 주문했다. 이곳에서는 각종 칵테일을 포함해 음료도 무한정 제공되었다. 물론 우리가 지불한 비용에 다 포함된 것이겠지만. 우리는 음료가 담긴 컵을 하나씩 손에 들고 해변을 따라 섬을 한 바퀴 돌았다. 생각했던 것보다 습하거나 덥지 않았다. 청량한 바람이 불었고, 바닷물은 투명한 하늘빛이었다.

사진에서나 보던 풍경이 눈앞에 펼쳐져 있었다. 거짓말처럼 깨끗한 하늘과 바다, 새하얀 모래 해변, 세상 걱정없이 행복해 보이는 사람들. 부부나 가족 단위로 보이는 백인들이 대부분이었고, 동양인은 거의 없었다. 아직 잘 알려지지 않은 곳이라고 형부는 말했다. 해변이 사람으로 바글대지 않아서 좋았다. 하지만 모든 게 너무 화사해서, 이곳은 내가 있을 곳이 아니라는 느낌마저 잠시 들었다.

방 세 개 중 하나는 엄마와 아빠가, 하나는 언니네 가족이

썼고, 나만 혼자 방을 썼다. 아까 선착장에 내리자마자 직원들이 수레에 싣고 간 내 캐리어가 나보다 먼저 방에 와 있었다. 퀸사이즈 침대 위에 멋을 내어 개켜놓은 수건과 릴라와디 꽃송이가 하나 놓여 있었다. 그리고 작은 초콜릿이 두 개. 희욱은 못 온다고 미리 이야기했는데도 형부는 2인실을 예약해둔 모양이었다. 나는 희욱으로부터 잘 도착했냐는 메시지가 와 있지 않을까 싶어 로밍된 휴대폰을 확인했다. 온라인 쇼핑몰에서 온 할인 안내 문자 외에는 아무것도 없었다.

예상은 했지만, 희욱은 이번 가족 여행에 끼고 싶지 않다고 했다. 솔직히 우리 가족과 너무 오랜 시간을 보내는 게 내키지 않는다고. 나는 그가 그 정도로 솔직하지는 않았으면 했다. 하지만 그는 그런 사람이었다. 물론 나 역시 희욱의 식구들과 낯선 나라에서 몇 박 며칠을 보낸다면 편치만은 않을 것이기에 그러려니 했다. 가족들에게는 희욱이 너무 바빠서 도저히 휴가를 내기 어렵겠다고 말했다. 아까 찍은 그림 같은 해변 사진을 희욱에게 보내려다가 그만두었다.

수영복으로 갈아입고, 위에 티셔츠와 반바지를 덧입은 채 숙소 밖으로 나갔다. 엄마는 벌써 평상 위에 엎드려 마사지를 받고 있었다. 아버지는 어디론가 홀로 탐험에 나섰는지 보이지 않았고, 언니는 커다란 밀짚모자를 쓴 채 선베드에 누워 물장난하는 형부와 조카를 바라보고 있었다. 언니 옆으로 가서 앉자 언니가 나를 흘끗 보더니 물었다.

수영복 입었어?

응, 언니는?

젖기 싫어서, 하고 언니가 고개를 가로저었다.

그렇게 말하는 언니가 낯설었다. 어렸을 적 바닷가나 수영장에 놀러가면 언니는 늘 제일 먼저 물에 뛰어드는 사람이었으니까. 언니는 뒷일 생각하지 않고 일단 뛰어들고 보는 타입이었다. 아이돌 멤버를 덕질하던 중학생 때도 그랬고, 직업을 선택할 때도, 연애할 때도 그랬다. 빠져나오는 것도 언니에겐 어려운 일이 아니었다. 대학을 이 년 만에 휴학하고 입시를 다시 치렀고, 전공을 바꿔서 다른 대학에 입학했다. 직장에 들어가고 난 후로는 매번 삼 년을 못 채우고 이직을 계속했다. 금세 사랑에 빠지고 쿨하게 헤어졌다.

반면 나로서는 누군가와 연애를 시작하는 것도, 이별하는 것도 너무나 어려운 일이었다. 결혼을 앞둔 지금, 희욱은 나의 첫번째이자 마지막 남자친구가 될 확률이 높았다. 그래서 나는 언니의 뭐든지 쉽게 시작하고 쉽게 그만두는 능력과 다소 천진하고 자유분방한 면모를 줄곧 높이 평가해왔다. 아버지가 우리 자매에게 처음 수영을 가르쳐주었을 때, 언니는 놀랍도록 금방 배웠고 나는 결국 실패했다. 물에 들어가면 몸이 굳어버리고 마는 나와 달리 언니는 마치 인어처럼 편안하고 유연하게 몸을 움직였다.

언니와는 이십대 내내 함께 자취했기 때문에, 나는 형부를 만나기 전까지 언니의 모든 연애를 알고 있었다. 언니가 만났던 남자들 중에 그래도 형부가 제일 나았다. 화목한 가정에서 사랑받으며 자란 것이 분명해 보였고, 안정적인 직장에, 성격도 듬직하고 싹싹했다. 언니가 부모님께 소개한 남자는 이제껏 형부밖에 없었는데, 엄마는 형부가 어찌나 마음에 들었는지 둘이 얼마 못 가 헤어지지는 않을까, 결혼이 파투나는 게 아닐까 노심초사했다. 엄마는 툭하면 언니가 아닌 나에게 전화를 걸어 둘 사이에 별일이 없느냐고 물어서 나의 짜증을 돋우곤 했다.

물론 나도 형부를 꽤 좋아하기는 했지만 내심 언니와는 어울리지 않는다고, 형부 같은 사람은 언니를 감당할 수 없을 거라고 생각했던 것도 사실이다. 일 년간의 연애 끝에 언니가 결혼을 결정했을 때, 나는 왠지 모를 배신감과 섭섭함에 한동안 언니에게 심술궂게 굴었다. 사실 그 감정은 지금까지도 유효했다. 그 결혼 때문에 언니가 몸이 젖는 게 싫다며 바다에 뛰어들지 않는 사람이 되어버린 것 같아서. 자신이 헤엄치는 모습이 얼마나 근사한지 까맣게 잊어버리고 만 것 같아서. 하지만 결혼생활이란 게 언니를 불행하게 한다면 언니는 언제나처럼 쉽게 빠져나올 수 있지 않을까. 언니는 나와 다르니까.

언니를 보았다. 선글라스를 끼고 있는 언니가 눈을 뜨고 있는 건지, 잠든 건지 알 수 없었다. 나는 선베드에 등을 기댄 채, 최선을 다해 휴가를 즐기고 있는 사람들을 구경했다. 멀리 카누 두 대가 바다 위로 미끄러지고 있었다. 패들 보드를 타고 있는 젊은 커플. 노부부 한 쌍이 손을 잡고 해변을 걷고 있었다. 금발의 젊은 엄마가 아이와 함께 모래성을 쌓고 있었고, 아빠로 보이는 남자가 그 장면을 휴대폰으로 찍고 있었다. 그리고 그 곁에, 안전요원인 듯한 태국인 청년 하나가 서 있었다. 뒷짐을 지고서 나처럼 조용히 사람들을 지켜보고 있었다.

섬에서 일하는 사람들은 유니폼이라고 할 수 있는 주황색 반바지를 입고 있었다. 그들은 대부분 이십대 초반처럼 보였고 남녀 비율이 비슷했는데, 서로 장난치고 깔깔거리며 일하는 모습이 즐거워 보였다. 이곳에서 숙식하며 지내는 동안, 저들은 서로 사랑에 빠지곤 하겠지. 새로운 사랑이 시작되기에 최적의 공간이 아닌가. 그림처럼 아름다운 섬, 싱그러운 청춘 남녀들.

나도 스물세 살 때 영화관에서 아르바이트를 하다가 희욱을 만났다. 첫인상은 별로였다. 제대하고 얼마 되지 않은 때라 희욱은 머리카락이 짧았고, 허리가 꼿꼿했다. 나를 포함해 동료 누구에게도 친절하거나 다정하지 않았다. 다만 손님들에게는 아니었는지, 나는 한 번도 못해본 '이달의 우수직원'에 세 번이나 선정되었다. 기본적으로 희욱은 예의가 발랐고, 본인은 웃지 않은 채로 툭툭 농담을 던져 사람들을 웃기는 재주가 있었다. 그래서인지 제법 인기가 있었던 모양이다. 같이 일하던 한 친구가 희욱을 좋아했는데, 한번은 회식이 끝나고 취한 척 희욱에게 집에 데려다달라고 했다가 호되게 혼이 났다. 정신 똑바로 차리라고 했다나. 그 얘기를 듣고 나는 희욱에게 호기심이 생겼다.

가끔 그와 파트가 겹칠 때도 있었지만 별다른 대화는 나누지 못했다. 그러던 어느 날 매점에서 함께 일하게 되었을 때, 그가 캐러멜 팝콘을 새까맣게 태운 일이 있었다.

설탕을 이렇게 많이 넣으면 안 돼요.

선배 노릇을 한답시고 내가 잔소리를 하자 그가 바보처럼 웃으며 말했다.

제가 단 걸 좋아해서요.

달달한 구석이라곤 없을 것 같던 그가 설탕을 정량 이상으로 부어버리기도 한다는 걸 알게 된 순간, 나는 그를 좋아하게 된 것 같다. 그 바보 같은 웃음을 오직 나한테만 보여준다는 사실 또한 나를 특별한 사람처럼 느끼게 했다. 그와 결혼까지 하게 될 줄은 몰랐지만, 칠 년이란 시간을 함께 보내고 나니 마치 당연한 수순처럼 느껴지기도 했다. 헤어지고 싶다는 생각이 들다가도 지난 세월이 아까워졌고, 새로운 누군가를 만나 사랑에 빠지는 일은 생각만 해도 귀찮고 버거웠다.

그러고 보니 이 섬에 짝 없이 온 사람은 나 하나밖에 없는 것 같았다. 신혼여행을 이곳으로 오면 어떨까. 희욱에게도 이 근사한 풍경을 보여주고 싶었다. 나는 자리에서 일어나 형부와 조카가 있는 쪽으로 다가갔다. 햇볕에 데워진 바닷물이 기분좋게 따뜻했다. 나는 섬으로 오는 길에 형부에게 수영을 가르쳐달라고 졸랐고, 형부는 어려울 게 하나도 없다는 투로 흔쾌히 그러마 했다. 하지만 막상 레슨이 시작되고 십 분도 채 지나지 않아 형부는 나를 포기해버린 것이었다.

내일도 가르쳐줄 수 있어, 이 시간에. 어때?

악수했던 손을 풀자 론이 말했다. 좋아, 나는 대답했다.

저녁 만찬장은 식당이 아닌 야외에 따로 마련되어 있었다. 테이블 위로 알전구가 늘어져 있었고, 기둥에는 오색 풍선이 매달려 있었다. 양념한 가리비와 삶은 오징어, 새우, 돼지고기 꼬치, 똠얌꿍과 쏨땀, 먹음직스러운 생선구이 등이 한 상 가득 차려져 있었다. 과일이 들어간 핑크색 펀치를 곁들여 식사를 하는 동안, 한쪽에서는 라이브 연주가 펼쳐지고 있었다.

그리고 론이 거기 있었다. 한 사람이 기타를 치며 〈How Deep Is Your Love〉 〈I Wanna Hold Your Hand〉 같은 팝

송 레퍼토리를 부르면, 론은 옆에서 화음을 넣거나 마라카스를 흔드는 식이었다. 아까는 분명 해변 안전요원이었는데, 지금은 아마추어 밴드의 코러스였다. 메인 보컬의 음 이탈과 동시에 론과 눈이 마주쳤다. 둘 다 웃음이 터졌다. 분위기에 취한 손님들이 함께 손뼉을 치며 노래를 따라 부르기도, 자리에서 일어나 몸을 흔들기도 했다. 엉망진창까지는 아니었고 그럭저럭 귀여운 공연이었다.

식사를 마친 후에는 원하는 사람들만 반딧불이를 보러 가기로 했다. 언니와 엄마는 피곤하다며 숙소로 들어갔고, 아버지와 나, 형부, 조카는 배에 올라탔다. 모터가 달려 있지 않은 작은 배여서 가장자리에 앉은 사람들이 노를 저어야 했다. 형부와 아버지가 자리를 바꾸어가며 노를 잡았다. 조카가 자기도 해보겠다며 떼를 쓰자 형부는 조카를 무릎에 앉히고 노를 쥐여주었다.

잔잔히 흐르는 물결 위로 달빛이 부서지고 있었다. 아까 식사 자리에서의 흥분은 다 잊은 듯 모두 조용했다. 고요함 속에 노가 천천히 물살을 가르는 소리, 낮은 풀벌레 소리만이 들려왔다. 론은 구명조끼도 입지 않은 채 뱃머리에 걸터앉아 있었다. 약간의 알코올 기운 때문인지, 쏟아지는 달빛 때문인지 나도 모르게 자꾸 론을 힐끔거렸다. 반딧불 군락이 모여 있는 덤불 쪽에 가까워지자, 배에 탄 이들은 하나같이 황홀한 얼굴로 반딧불이를 올려다보았다. 그들의 표정은 이렇게 말하고 있었다. 오, 이토록 완벽한 휴가라니.

*

다음날, 나는 론에게 수영을 배우지 못했다.

오전 일정은 스노클링이어서 숙박객과 직원들 대부분이 배를 타고 바다로 나갔다. 먼저 수위가 얕은 곳에 잠시 멈춰 장비를 사용하는 연습을 한 뒤 조금 더 깊은 바다로 이동했다. 스노클링은 난생처음이라 나는 나름대로 기대에 차 있었다. 나만큼 신이 났던 조카는, 막상 깊은 바다로 나오자 무섭다며 울기 시작했다. 결국 언니는 조카와 함께 배에 남았다.

나머지 가족들은 천천히 바닷물에 몸을 담갔다. 수온이 조금 낮았다. 론이 우리에게 다가오더니, 한 손으로 서로의 구명조끼 바깥쪽을 붙잡으라고 했다. 그러자 마치 기러기떼처럼 브이 자 대열이 되었다. 나는 선두에 있는 론의 구명조끼를 붙잡았고 엄마는 나를 잡았다. 스노클이 있으니 머리를 물속에 담가도 호흡에 문제가 없었고, 몸이 점차 편안해졌다. 론이 움직이는 대로 물장구만 치면서 따라갔다. 때로는 물장구조차 치지 않아도 되었다.

바닷속은 마치 우주 같았다. 텔레비전 화면에서 흔히 보던 장면과는 달랐다. 평면이 아니라 입체였으니까. 짙은 푸르름이 내 몸 전체를 둘러싸고 있었고, 바닥은 어둠에 싸여 보이지 않았다. 별의 조각처럼 유영하는 색색의 물고기들. 처음에 느꼈던 약간의 두려움도, 머릿속을 복잡하게 하던 생각들도 서서히 흐려지고 진공상태가 되었다. 몸이 점점 가벼워지다가, 아예 사라져버린 것 같았다. 피터 팬의 손을 붙잡고 밤하늘을 날던 웬디의 기분도 이랬을까.

하지만 낮아진 체온 때문인지, 나는 돌아오는 배에서 멀미를 했다. 나 때문에 '후크섬'에 잠시 배를 세워야 했다. 론이 따라오라며 화장실로 뛰어갔다. 정신없이 뒤따라가 변기에 대고 토했다. 창백한 얼굴로 밖으로 나오자 기다리고 있던 론이 괜찮으냐고 물었다. 내가 민망한 웃음을 짓자 론은 종종 있는 일이니 걱정하지 말라고 말했다. 배에서 기다리고 있던 사람들이 돌아온 나를 향해 미소 지었다. 미안합니다, 미안합니다. 나는 동방예의지국에서 온 사람답게 고개를 꾸벅거렸다.

역시나 점심식사는 하나도 먹을 수가 없어서 똠얌꿍 국물만 조금 떠먹었다. 부모님과 형부는 치킨 윙을 곁들인 스티키 라이스가 너무 맛있다며 계속 가져다가 먹었고, 언니도 조카에게 밥을 먹이느라 바빴다. 나는 혼자 식당을 빠져나와 선베드에 누웠다. 하얀 죽이 먹고 싶다, 생각하며 멍하니 누워 있는데 누군가 다가왔다. 론이었다.

이제 좀 괜찮아졌어?

론이 다정하게 물었다. 나는 고개를 끄덕였다.

수영은 못 배울 것 같아, 미안.

론은 신경쓰지 말라더니 따뜻한 차를 가져다줄까 물었다. 응, 내 대답에 론은 오케이, 하고는 원형 바로 향했다. 그의 뒷모습을 바라보며 나보다 열 살은 어리겠지, 그런 생각을 하다가 어이가 없어서 혼자 웃었다.

손님에게 친절한 서비스를 제공하는 것, 그 이상도 이하도 아니다. 가만히 지켜보니 이곳은 한 직원이 특정 손님 그룹을 전담 관리하는 식으로 운영되는 것 같았다. 그러니까 론은 우리 가족 담당. 배를 든든히 채운 가족들은 론과 함께 카누를 타고 오징어를 잡으러 갔다. 나는 해변에 홀로 앉아 세 대의 카누가 점점 작아지는 모습을 지켜보았다.

깜빡 졸다 깨다 하는 사이 해가 저물고 있었다. 하늘이 연보랏빛으로 어두워졌다. 카누를 정박시킨 가족들이 해변을 따라 이쪽으로 걸어오는 것이 보였다. 원래 낚시를 좋아하는 아버지는 2박 3일 일정 중에 지금이 제일 만족스러운 듯했다. 조카는 자신도 한 마리를 낚았다며 잔뜩 흥분해 있었다. 가족들이 잡은 오징어 네 마리는 저녁식사 때 바로 조리해서 내준다며 론이 가져갔다.

둘째 날 저녁 만찬의 메인 요리는 해산물 전골이었고, 어제의 식탁만큼이나 호화로웠다. 가족들은 아까 치킨 윙을 너무 많이 먹어서 도저히 먹을 수가 없다며 음식에 별로 손을 대지 않았다. 나는 허망하게 식어가는 음식들을 앞에 두고 왠지 모를 죄책감이 들었다. 아직 입맛이 돌아오지 않았지만 꾸역꾸역 먹었다.

가슴 언저리에 작은 돌덩이 하나가 얹혀 있는 듯했다. 아까의 뱃멀미 때문인지, 가족들과 좋은 시간 보내길 바란다, 라는 어젯밤 도착한 희욱의 짧은 메시지 때문인지, 아니면 희욱이 이곳에 없다는 사실 때문인지. 하지만 희욱이 함께 있더라도 이 기분이 가실 것 같지는 않았다.

어떤 대화에도 섞이지 않은 채 내내 무표정한 얼굴로 앉아 있는 아버지나, 이런 곳에 데려와줘서 내가 이런 호강을 누린다며 형부에 대해 똑같은 칭찬을 반복하는 엄마, 조카를 먹이는 것 외에는 아무 관심 없다는 듯이 끼니마다 뭔가를 씹는 걸 본 적이 없는 언니나, 아내가 뭘 제대로 먹고는 있는지 신경도 쓰지 않고 장인어른과 장모님 편히 드시라며 열심히 꽃게를 손질하고 있는 형부, 어릴 적 나처럼 어찌나 낯가림이 심한지 이틀간 나를 단 한 번도 이모라고 부르지 않는 조카 녀석까지, 전부 못마땅했다. 이 섬에 머무는 손님들과 그들이 지불한 비용에 걸맞은 완벽한 휴가를 제공하기 위해 동원된 이 모든 불

빛과 직원들의 미소 띤 얼굴까지도.

식사시간이 끝나갈 무렵, 갑자기 사람들이 한쪽으로 모여들더니 바닥에 자리를 잡고 앉기 시작했다. 형부가 그쪽으로 가서 동태를 파악하고 왔다.

불쇼 한대요, 불쇼.

불쇼를 누가, 라고 생각하기가 무섭게 거기 또 론이 있었다.

저기 론이다, 론.

그새 정이 들었는지 엄마가 손가락으로 론을 가리켰다. 야구 모자를 거꾸로 쓰고 나타난 론은 다른 남자들과 마찬가지로 상의를 탈의한 채, 양손에 불이 붙어 있는 커다란 막대기를 들고 있었다. 스피커에서 웅장한 음악이 터져나왔다. 론이 막대기를 몸의 앞뒤로 마구 돌리기 시작했다. 활활 타오르는 불덩어리들이 정신없이 돌아갔다.

곧이어 대여섯 명이 번갈아가며 현란한 묘기를 뽐냈다. 불막대기를 아주 높이 던졌다가 받기도 하고, 입에서 불을 뿜기도 했다. 마지막에는 다 같이 막대기를 돌리면서, 서로의 무릎위로 올라가 인간 탑까지 만드는 것이었다. 사람들은 위태로워 보이는 순간마다 소리를 지르며 환호했고, 엄마는 뭐에다쓰려는지 휴대폰으로 계속 동영상을 찍고 있었다.

나는 공중으로 던진 막대기가 누군가의 머리 위로 떨어질까, 탑이 무너질까 내심 조마조마했다. 마음이 아까보다 한층 더 불편했는데, 왜 그런 위험한 쇼를 하는 건지 알 수도 없었지만, 불편하면 자리를 떠나면 될 것을 끝까지 마음 졸이며 지켜보고 있는 내가 한심하게 느껴졌기 때문이었다. 게다가 론을 포함해 쇼를 하고 있는 사람들 전부가 우리에게 스노클링을 가르쳐주고, 커피를 만들어주고, 방금까지도 부족한 음식을 가져다주던 직원들이라는 사실도 개운치 않았다.

쇼가 끝나고 그들의 몸은 땀으로 반질반질했다. 타오르던 불꽃들이 꺼지고, 음악이 멈추자 사람들은 뿔뿔이 흩어지기 시작했다. 졸려서 칭얼거리는 조카를 씻긴다며 형부는 먼저 숙소에 들어갔고, 부모님은 마지막으로 섬을 한 바퀴 더 산책하겠다며 나섰다. 언니와 나는 나무 평상 위에 앉아 멀어져가는 부모님의 뒷모습을 지켜보았다.

밤이 되니 조금 쌀쌀했다. 목에 두르고 있던 얇은 머플러를 펼쳐 몸을 감쌌다. 건너편 섬이 환했다. 해변에서 분수 모양의 불꽃이 터지고 있었고, 흥겨운 음악소리가 들려왔다. 이쪽 섬이 고요해지고 나니 저쪽 섬의 시끌벅적한 소리가 더 선명해졌다.

불쇼 같은 걸 대체 왜 하는지 모르겠네.

내 말에 언니가 웃었다.

뭐, 캠프파이어 같은 거겠지.

그래, 마지막 밤이니까. 일종의 하이라이트였을 것이다. 수학여행이나 수련회에서 집으로 돌아가기 전날 밤 꼭 캠프파이어를 하듯이. 활활 타오르는 거대한 불을 바라보며 어린 마음이 뜨거워지기도 했던 것 같은데. 불이 꺼지고 나면, 모든 열기와 흥분이 사그라들고 난 뒤에 찾아오는 모종의 쓸쓸함이 있었다. 이것으로 축제의 시간은 끝났다는 것, 하얗게 남은 재가 그 사실을 분명하게 알려주었다.

론이 자꾸 너 쳐다본다.

언니의 말에 나는 식당 쪽을 돌아보았다. 청소를 마친 직원들 몇몇이 모여서 수다를 떨고 있었다. 론은 카운터에 걸터앉아 있었고, 딱히 이쪽을 보고 있는 것 같지는 않았다.

저 친구들은 대학생이겠지?

나는 한국 대학생들이 방학이면 놀이동산이나 스키장에서 아르바이트를 하는 것처럼 여기 있는 청년들도 마찬가지겠거니 생각했다. 그러자 언니가 고개를 가로저었다.

여기 대학생들은 이런 알바 잘 안 해. 보통 돈 많은 집 자식들만 대학 가거든.

그럼?

언니가 잠시 생각하더니 말했다.

그냥 젊은이지, 뭐.

언니가 웃었다. 나도 따라 웃었지만 속으로는 그 말을 따라

해보았다. 그냥 젊은이. 론은 안전요원, 웨이터, 바리스타, 불꽃 곡예사, 스노클링 강사, 밴드 코러스였지만, 그렇지만 그냥 젊은이였다.

'그냥 젊다는 것'에 관해 생각했다. 단지 젊기만 하다는 것은 젊음 외에 내게 아무것도 없다는 것, 내가 아무것도 아니라는 것을 의미했고, 나는 그 사실을 견디느라 젊음을 다 소모해버린 것 같은데. 그러면서도 무언가가 되라는 목소리에는 늘 저항감을 느꼈었다.

희욱과의 결혼을 생각할 때면 불쑥불쑥 튀어나오는 감정도 그와 비슷한 것이 아닌가 싶었다. 희욱은 일주일 후의 식단까지 휴대폰 스케줄러에 적어놓는 사람이었으니까. 월급은 풍차 돌리기로 적금을 붓고, 일부는 주식과 펀드에 골고루 투자했다. 그는 지금 회사를 딱 십오 년 다닌 후에 자기 사업을 할 거라고 했다. 야망이 전혀 없는 것보다는 낫다고 생각했기에 큰 불만은 없었다.

그런데 얼마 전 희욱이 내게 말했다. 내가 뭘 원하는지 모르겠다고. 결혼한다는 건 미래를 함께하기로 약속하는 건데, 너는 미래에 대해서 아무 생각이 없잖아, 하고. 뭘 생각해야 되는데, 내가 대꾸하자 그는 뭐라도 생각해야지, 그래야 절충을 할 거 아냐, 하고 말했다. 마치 그가 원하는 미래와 내가 원하는 미래를 절충하면 둘 모두가 만족할 만한 무엇이 만들어지

기라도 할 것처럼. 절충 같은 단어는 두 기업이 서로 합병할
때나 쓰는 말 아닌가, 하는 생각이 들었다.

언니, 나 결혼해도 될지 모르겠어.

그게 무슨 소리야?

나는 잠시 망설이다가 물었다.

언니는 결혼해서 행복해?

언니는 잠깐 멈칫했다.

딱히 행복하려고 결혼한 거 아냐.

나는 깜짝 놀라 되물었다.

그럼 왜 해, 결혼을?

그런 건 별로 기대도 안 했지. 엄마 아빠 봐라.

언니가 낮은 소리로 웃더니, 고갯짓으로 부모님 쪽을 가리
켰다. 이제 그들은 손톱만한 크기로 멀어져 있었다. 그리고 아
버지는 여전히 엄마보다 다섯 발짝쯤 앞서 걷고 있었다.

불행하지 않은 정도일까. 이 정도면 선방한 거 아냐?

언니가 계속해서 말했다.

너도 알잖아, 내가 어땠는지. 난 만날 뭔가 고프다는 기분으
로 살았던 것 같아. 어렸을 때 우리가 고개만 돌리면 배고프다
고 해서, 엄마가 뱃속에 거지가 들었냐고 그랬잖아.

그랬지, 나는 고개를 끄덕이며 웃었다. 언니가 명치께에 한
쪽 손을 얹고는 말했다.

뭔가 여기, 조그만 구멍이 하나 있는데, 이건 새 옷을 사도, 맛있는 걸 먹어도, 애인을 바꿔도 메워지질 않는 거야.

근데 형부를 만나고 구멍이 없어졌다고?

언니가 고개를 저었다.

아니, 그냥 더는 아등바등하고 싶지 않아졌달까. 구멍이야 있든 말든, 신경쓰고 싶지 않아졌어. 네 형부를 만나서 그렇게 된 건지, 아니면 그냥 나이를 먹어서인지는 모르겠지만. 그냥 그렇게 됐고, 지금은 편해.

언니는 나를 쳐다보지 않고 말했다. 언니가 거짓말을 하고 있는 것이 아니기를 바랐다. 정말 그렇게 믿고 있는 거라면, 그 믿음이 오랫동안 깨지지 않기를 바랐다.

근데 너는 나랑 다르잖아. 행복해지기 위해서 결혼하려는 거면, 희욱이랑 살면서 그게 가능할지 잘 생각해보고 결정해. 너는 한번 정한 거 잘 못 바꾸잖아.

언니는 그렇게 말하고 자리에서 일어났다. 나는 그대로 좀 더 앉아서 밤하늘을 올려다보았다. 이렇게 많은 별을 본 것이 언제였던가. 언니와 수다를 떨며 지새웠던 과거의 어떤 밤들이 다시없을 희귀한 것으로 느껴졌다. 그 밤들은 캠프파이어 같은 거였구나. 활활 타오르던 불이 재로 남는 모습을 나는 앞으로 몇 번이나 더 보게 될까.

부모님은 이제 보이지 않았다. 우리 시야에서 멀어지고 난 뒤에는 둘이 나란히 걷기도 할까 궁금했다. 마지막 밤이 주는 낭만에 이끌려 못 이긴 척 손을 잡기도 할까. 이틀 내내 다정하게 팔짱을 끼고 다니던 그 노부부처럼. 그렇게 함께 늙어가는 것도 가능할까. 불행할 때도 한결같이 희욱을 사랑할 수 있을까. 어제 나는 얼굴을 물속에 넣지 않고도 헤엄칠 수 있다는 걸 배웠지만, 그럼에도 나는 오 미터 이상 나아가지 못하는걸.

그런 생각에 빠져 있을 때 론이 곁에 다가왔다. 안녕, 인사를 건네고는 언니가 앉아 있던 자리에 걸터앉았다. 이제 해변에 남은 사람은 론과 나 둘뿐이었다. 조금 두근거렸다.

마지막 밤이네. 즐거웠어?

론이 물었다. 즐겁지만은 않았어, 라고 이야기하고 싶었지만, 내 영어 회화 실력이 네이티브 수준이라고 해도 지금의 마음을 다 표현할 수는 없을 것 같았다. 응, 하고 나는 고개를 끄덕였다.

저건 무슨 파티 같은 건가?

결혼식이래, 하고 론이 대답했다. 멀리 사람들이 음악에 맞춰 몸을 흔들고 있었다.

나도 두 달 후면 결혼해.

나는 말했다. 굳이 그럴 필요는 없었지만. 론이 눈을 휘둥그레 뜨고 말했다.

정말? 축하해.

근데 하기 싫어졌어.

론이 어…… 하더니 얼굴이 굳었다. 농담이야, 하고 내가 웃음을 터뜨리자, 론이 과장된 동작으로 가슴을 쓸어내리더니 따라 웃었다. 당황했잖아, 론이 중얼거렸다.

어떤 사람이야?

론이 눈을 빛내며 물었다.

어…… 하고 이번에는 내가 버벅거렸다. 희욱은 어떤 사람인가. 길다면 긴 시간을 함께 지내면서 나는 내가 그와 가장 가까운 사람, 그를 가장 잘 아는 사람이라고 생각했지만, 막상 그에 대해서 제대로 알고 있기나 한지 혼란스러워졌다. 좋은 사람, 이라고 간단히 대답할 수도 있었지만, 그런 말은 그를 설명하기에도, 그를 사랑하는 이유로도 턱없이 부족하게 느껴졌다. 나는 대답 대신 화제를 바꿨다.

아까 그 쇼는 굉장하던데. 그런 건 언제 배운 거야?

여기 와서 배웠지.

그런데 너무 위험해 보여.

날 걱정한 거야?

론이 장난스럽게 말했다. 나는 응, 하고 고개를 끄덕였다. 론이 티셔츠의 허리춤을 끌어올리더니 몸을 돌려 등에 있는 화상 흉터를 보여주었다. 나는 얼굴을 찌푸렸다.

몇 개 더 있어.

론이 말했다.

그 지경인데 왜 하는 거야?

미친 거지.

그렇게 말하며 하하 웃는 론의 모습이 철없어 보인다고 해야 하나, 순진해 보인다고 해야 하나, 아무튼 나는 저런 식의 표정을 지어본 지 아주 오래된 것 같다는 생각이 들었고, 갑자기 몇 년쯤 훌쩍 늙어버린 기분이었다.

오래전 대학 시절 어느 술자리에서, 누구였는지는 기억도 안 나는, 한참 연상의 졸업생 선배 하나가 가만히 나를 쳐다보다 그렇게 말한 적이 있다. 내 눈이, 마치 눈알을 빼서 깨끗한 연못 물에 씻은 뒤에 다시 집어넣은 것 같다고. 당시에는 이게 무슨 멘트인가 싶고 어이가 없었는데, 론의 눈을 마주보고 있자니 갑자기 그때가 떠올랐다. 그 사람이 왜 그 얘기를, 그런 방식으로 했는지 조금은 알 것도 같은 마음이었다.

있지, 처음에는 무서웠는데, 점점 중독됐어. 불이 몸을 스칠 때마다 이상한 희열이 느껴진달까. 아무도 시키지 않았는데 다들 밤마다 열심히 연습해.

론이 계속해서 말했다.

다친 곳도 시간이 지나면 금세 아물더라고.

순간 건너편 섬의 음악소리가 꺼졌다. 저쪽 섬마저 고요해지자 남은 것은 촤아, 촤아 들려오는 파도 소리뿐이었다. 론과 나는 더는 아무 말 없이, 그 소리에 귀기울이며 조금 더 앉아 있었다.

*

아침부터 섬 전체가 어수선했다. 다들 떠날 채비를 하느라 바빴다. 부모님은 내가 방에서 나오기도 전에 이미 아침식사를 끝내고, 원두막 그늘 밑에 나란히 엎드려 마지막 마사지를 받고 있었다. 나는 커피와 함께 딸기잼 바른 토스트를 씹으며, 지난 이틀과는 전혀 다른 식의 활기를 띠고 있는 섬의 풍경을 바라보았다.

잠시 후 우리 가족도 각자 짐을 챙겨 밖으로 나왔다. 저녁 만찬장이었던 공간에 사람들이 내놓은 캐리어들이 잔뜩 놓여 있었다. 그때 갑자기 엄마가 물었다.

무슨 봉투 같은 거 없니?

모두 고개를 저었다.

봉투는 왜요?

내가 묻자 엄마가 말했다.

론한테 고마워서. 따로 팁 좀 주려고.

좋은 생각이네요, 장모님.

형부가 말했지만 나는 별로 좋은 생각이 아닌 것 같았다.

아마 팁 받으려고 잘해준 걸걸, 하고 언니가 후후 웃으며 말했다. 그런 언니가 얄미웠다.

나는 별론데. 팁 주는 거.

론이 우리 챙기느라 얼마나 고생했는데, 너는 고맙지도 않아?

엄마가 나를 나무랐다. 나는 하는 수 없이 입을 다물었다. 영어를 잘하지 못하는 엄마가 형부에게 속성으로 한마디를 배웠다. 땡큐 포 유어 서비스. 땡큐 포 유어 서비스. 엄마는 그렇게 중얼거리며 론 쪽으로 걸어갔다. 결국 봉투에 넣지 못한 지폐는 동그랗게 말아 고무줄로 묶었다.

엄마가 론을 식당 한쪽 구석으로 데려가는 게 보였다. 론은 손사래를 쳤지만 엄마는 기어코 론의 반바지 주머니에 돈뭉치를 찔러넣었다. 론은 멋쩍게 웃었고 엄마가 론의 어깨를 두드렸다. 순간 론이 내 쪽을 보았고, 눈이 마주쳤다. 그의 얼굴에 떠오른 표정이 당황스러움인지 부끄러움인지, 기쁨인지 실망감인지, 그 모두였는지 혹은 그 어느 것도 아니었는지, 알 수 없었다. 나도 모르게 눈을 피해버렸으니까.

출항을 앞두고 분주한 사람들 틈에서 나는 눈으로 계속 론을 찾았지만 보이지 않았다. 내가 이곳에서 배운 유일한 이름, 내 이름을 아는 유일한 사람. 하지만 따로 작별인사를 나눌 만한 사이까지는 아니라고 생각했다. 지난밤 우리가 나눈 굿나잇 인사가 서로에게 건넨 마지막 말이 될 거였다.

섬을 떠나는 배 위에 자리를 잡고 앉자, 리조트 직원들이 전부 나와서 우리를 배웅했다. 론도 거기 있었다. 론은 동료들과 장난을 치며 웃고 있었다. 순간 마음 한구석이 서늘했는데 이유는 알 수 없었다. 이윽고 배가 출발하자, 직원과 손님들은 서로를 향해 손을 흔들기 시작했다. 하지만 론은 양손을 늘어뜨린 채 그냥 우두커니 서 있었다.

나 역시 가만히 있었다. 만약 내가 누구에게랄 것 없이 저쪽을 향해 손을 흔들었다면, 론도 누구에게랄 것 없이 손을 들어 화답해주었을까. 나는 그가 나만을 위한 인사를, 아무것도 하지 않는 방식으로 내게 건넨 것이기를 바랐다. 나는 흔들리는 배 위에서, 흔들리면서, 점점 멀어지는 네버랜드의 해안가를 한참 동안 지켜보았다.

지나가는 바람

갭 이어를 갖기로 했을 때, 나를 응원한 건 동글이가 유일했다.

내가 동그랗게 몸을 말고 누워 있으면 동글이는 내 접힌 무릎 뒤편, 또는 내 겨드랑이 밑으로 기어들어와 나처럼 몸을 웅크렸다. 서로 몸이 닿은 면적만큼 동그랗게, 동글이의 체온이 느껴졌다.

지난겨울, 그건 내게 최고의 응원이었다. 동글이가 없었다면 나는 무사히 겨울을 나지 못했을지도. 동글이 끼니를 챙겨주기 위해 침대에서 몸을 일으켰고, 녀석을 산책시키기 위해 하루 한 번 겨우 집밖으로 나갔다. 햇살이 가장 강한 오후 두시쯤 동글이와 함께 근처 천변을 걸었고, 그렇게 햇볕을 잔뜩

쬐고 돌아오면 꿉꿉한 기분이 조금은 보송해지곤 했다. 비가 오거나 흐린 날엔 그냥 축축하게 가라앉은 채로 동글이를 껴안고 지냈다.

도은씨도 번아웃이에요?

어…… 하고 내가 대답을 머뭇거리자 표팀장이 말했다.

'보어아웃'이라는 단어 아나?

나는 아뇨, 하고 고개를 저었다.

콘텐츠 MD라는 사람이 그걸 몰라요? 라고 표팀장이 말하지는 않았지만, 그 문장을 얼굴로 표현한다면 바로 그 표정이었다. 내가 수도 없이 맞닥뜨렸던 표정.

bore, 지루함. 알죠? 견딜 수 없이 지루해서 나가떨어진다는 거야. 도은씨는 번아웃 아니고 보어아웃 아니에요?

말투에 비웃음이 섞여 있었다. 표팀장은 계속해서 말했다.

민지씨야말로 진짜 번아웃이지. 사람이 그 정도는 해야 번아웃이 되는 거라고.

그래서 어쩌라구요, 라고 말하고 싶었지만 못 했다. 틀린 말은 아니었다. 나는 그 정도로 하지 않았다. 근데 번아웃이든 보어아웃이든 아웃인 건 똑같잖아. 탈탈 털렸다는 뜻이다.

일 년 전 퇴사한 입사 동기 민지씨는 지금까지도 종종 표팀장을 통해 사무실로 소환되곤 했다. '나가서도 역시나 너무 잘하고 있다' '간다고 할 때 보내준 것이 나의 실수였다'라는 이유로. 그런데 사실 민지씨는 번아웃이 아니지 않습니까.

번아웃이 와서 갭 이어를 갖겠다던 민지씨는 퇴사한 뒤 곧장 프랑스 파리로 떠났다. 그후로 약 반년간 유럽과 남미를 여행하며, 실시간 여행기를 담은 뉴스레터를 주 2회 연재했다. 구독료는 한 달에 만원. 퇴사 전에도 이미 팔로워가 이만 명이 넘었으니, 그중 단 오 퍼센트만이 뉴스레터를 구독한다고 해도 매달 세 달 치 월급이 한꺼번에 나오는 셈이었다.

귀국한 민지씨는 여행을 다니며 맛있는 걸 너무 많이 먹어 살이 쪘다면서 몸을 만들기 시작했다. 회사에 다닐 때도 새벽마다 하루도 빼놓지 않고 헬스를 다녔던 민지씨는 이제 필라테스를 하고, 플라잉 요가를 배우고, 클라이밍을 했다. 사흘이 멀다 하고 상의를 살짝 걷어 복근을 드러낸 '눈바디' 사진이 인스타그램에 올라왔다. 민지씨는 사 개월 만에 체지방률 십팔 퍼센트를 달성했다.

그리고 마침내 내가 퇴사할 무렵, 민지씨는 갭 이어에 관한 전자책을 써서 소위 대박을 쳤다. 한 달 수익이 또 천만원이라고 했다. 그러더니 전자책으로 돈 버는 법에 관한 전자책을 냈다. 팔로워는 두 배 이상 늘었다.

그녀가 터무니없이 생산적인 갭 이어를 보내는 동안, 나는 그 모든 과정을 인스타그램을 통해 실시간으로 지켜보았다. 고통스러웠지만 달콤했다. 천만원이 쉬워 보였으니까. 나도 회사 밖에서 매달 천만원을 벌고 싶었다. 내가 아니라 회사가 문제라고 생각했다.

늦가을에 접어들면서 몸무게가 세 배쯤 늘어난 것 같았다. 살은 전혀 찌지 않았는데, 내가 지고 다녀야 하는 나 자신의 무게가 그렇게 느껴졌다. 아침에 눈을 뜰 때마다 초경량 거위털 이불이 천근만근이었다. 겨울이 시작되기 전에 회사를 그만두고 따뜻한 나라로 도망갈 생각이었다.

두 달은 치앙마이, 두 달은 푸껫섬, 두 달은 방콕.

요가도 배우고 태국 요리 클래스도 다녀야지. 에스닉한 스타일의 원피스를 입고 사진도 잔뜩 찍을 것이다. 원피스와 어울리는 히피 펌을 하기 위해 이를 악물고 거지 존을 견뎠다. 여행 준비물을 사는 데 세 달 치 월급을 썼다. 여행 브이로그를 찍으려고 초고화질 동영상 촬영이 가능한 카메라와 렌즈, 각종 장비도 샀다. 나는 이제 유튜브 크리에이터이자 노마드 워커가 되어, 뷰가 끝내주는 카페를 전전하며 일할 것이다. 그런 꿈을 꾸면서 하루하루 버티다가 연말에 드디어 사표를 냈다.

그런데 퇴사한 지 채 일주일이 되지 않아 코로나 바이러스가 유행하기 시작했고, 비행기표는 취소되었다. 하지만 나는 좌절하지 않았다.

나는 안도했다.

*

여행이 취소된 직후 나는 미용실에 가서 치렁치렁한 긴 머리를 쇼트커트로 잘라버렸다. 지고 다녀야 할 무게 중에 일 킬로그램 정도는 줄어든 느낌이었다. 하려고 했던 것들이 참 많았는데 정작 계획에 없던 쇼트커트를 하고 나니, 다 이루었다는 느낌으로 정말 아무것도 하고 싶지 않았다. 가만히 있고 싶었다.

하지만 가만히 있는 것은 정말 어렵다.

나는 침대에 누워 인스타그램 피드를 끝없이 스크롤했다. 바람에 날아갈 것처럼 하늘거리는 몸매를 가진 여자 아이돌. 동일 인물이 맞나 싶을 정도로 비포 애프터를 극적으로 바꿔놓는 대륙의 화장술. 각종 분야의 명사들이 건네는 조언들과 연예인들의 희로애락. 내가 갖고 싶었던 것들과 갖고 싶어할 만한 모든 것이 마침표 없이 밀려왔다. 내가 모르는 인플루언서나 새로운 브랜드를 맞닥뜨릴 때마다, '콘텐츠 MD라는 사람이 그걸 몰라' 표정을 짓고 있는 표팀장의 얼굴이 떠올랐다.

와중에 고양이나 개들이 나오는 영상을 보면 그나마 마음이 좋았다. 좋아서 '좋아요'를 몇 번 눌렀더니 고양이와 개에 관한 콘텐츠가 백만 개쯤 이어졌다.

썰물이 없는 바다.

열두 살 때쯤인가, 당시 오픈한 지 얼마 되지 않았던 한 워터파크에 놀러간 적이 있었다. 그곳에서는 거대한 인공 파도가 몇 분마다 한 번씩 사람들을 덮쳤다. 튜브가 없었던 나는, 파도가 철썩 칠 때마다 잠시 정신을 잃다시피 한 채 인공 해변에 엎어져 있었다. 근데 난 일어나서 또 파도를 맞으려고 기다렸지. 몇 번이고 그랬다. 어렸을 때부터 자학적인 면모가 있었나 보다.

이게 자학이 아니라면 무엇인가.

쏟아지는 파도에 녹다운되면서도 손가락을 멈추지 못하는 것. 손가락을 멈추게 되는 건 시간을 버렸다는 죄책감이 또다른 파도가 되어 밀려올 때다. 일어나서 뭐라도 해야지, 뭐라도 해야 한다. 그렇게 중얼거리며 몸을 일으킨 후에는 노트북을 켰다. 웹서핑을 하면서, 알고리즘이 사라고 하는 것들을 잔뜩 샀다. 하지만 막상 물건을 받아보면 기대와 다를 때가 많았고, 필요 없는 것도 많았다. 그렇게 산 것들을 중고 물품 거래 앱에 올려 되팔았다. 매너 온도가 칠십 도까지 치솟았다.

한 것도 없는데 지쳐서 다시 눕는다. 누운 채로 열 편 이상 되는 시리즈물의 완결을 보았다. 영화 해리포터 시리즈도 처음부터 끝까지 다시 봤다. 속편이 개봉할 때마다 없는 시간을 쪼개가며 설레는 마음으로 영화관을 찾아가곤 했었는데. 그 시절은 사탕을 입에 넣고 오래오래 녹여 먹는 느낌이었다면, 이렇게 한자리에 누워 사흘 만에 엔딩을 보는 건 마치 사탕을 입에 넣자마자 와작와작 씹어 먹는 느낌이랄까. 체리맛이었는지, 레몬맛이었는지 기억이 안 나.

그럼에도 불구하고, 나는 엔딩 크레디트 화면을 찍은 사진과 함께 인스타그램에 게시물을 올렸다.

'이태원 클라쓰 마라톤 완주.'

'해리포터 시리즈 사흘 만에 다 봄.'

이따금 민지씨가 하트를 눌러주었다. 이번 여름에 뛸 하프 마라톤을 준비중인 민지씨가. 건강하고 바쁘고 완벽한 민지씨. 나는 민지씨를 정말 사랑했고, 온 힘을 다해 미워했다.

표팀장도 내 인스타를 보고 있을까. 나는 내가 퇴사 후에 그 어떤 것도 도모하고 있지 않다는 것을 보여주고 싶었다. 생산적이고자 애쓰지 않으며, 무용한 일들로 시간을 흘려보내고 있다는 것을. 표팀장에게, 그리고 엄마에게.

집이야?

통화는 매번 같은 질문으로 시작된다.

응.

집에서 뭐해?

아무것도 안 해.

끌끌 혀 차는 소리, 그리고 이 말이 돌아온다. 뭐라도 해
야지.

쉰다고 집에만 있지 말고 어디라도 나가라. 쉬는 데도 전략
이 필요하다.

운동을 해서 체력을 기르고, 너 자신에게 투자하는 것을 아
깝게 생각하지 마라. 돈보다 시간이 귀하다.

생체리듬을 망가뜨리지 말고, 일찍 자고 일찍 일어나라. 아
침 시간은 정말 소중하다.

엄마는 자기 계발 인플루언서 같은 소리만 계속했다. 실은
엄마도 인스타그래머였다. 대기업까지는 아니지만 제법 이름
있는 회사에서 부사장까지 하고 아이 둘을 키워낸 슈퍼맘.

엄마는 인스턴트 쌀밥이라는 걸 최초로 구상했던 조그만 회
사의 창립 멤버였다. 지금으로 치면 꽤 성공한 스타트업이랄
까. 당시에는 수많은 시행착오를 겪었고 대중화에도 실패했지
만, 몇 년 뒤 한 식품 기업이 엄마네 회사를 인수했다. 그간의
연구 개발 성과와 엄마까지 한꺼번에 가져갔다.

내가 서른 개들이로 사서 선반에 쟁여둔 그 즉석밥이 바로

엄마가 삼십 년의 세월을 바쳐 만든 것이다. 이제는 좀처럼 먹히지 않는 방식이라 사라졌지만, 그 즉석밥의 대표 카피는 꽤 오랫동안 '엄마의 맛'이었다. 엄마는 일하느라 너무 바빠서 내게 밥을 해주지는 못했으나 결과적으로는 해준 거나 마찬가지였다. 그리고 앞으로도 계속 그럴 거였다.

엄마는 프로 '갓생러'였다. 자신은 평생 그렇게 살아왔고 지금도 그렇게 살고 있으니까, 본인이 해봐서 아니까, 좀처럼 어려울 게 없다고 생각하는 게 분명했다. 은퇴 후 엄마는 매일 새벽 네시에 일어나 성경을 필사하고, 동네 수영장에 가서 한 시간씩 수영을 했다. 평생교육센터에서 화요일, 목요일에는 피아노를 배우고, 수요일, 금요일에는 코딩을 배웠다. 대체 코딩으로 뭘 하려는 거냐 묻자 치매를 예방하는 차원이라고 했다.

저녁을 먹은 후에는 경보로 아파트 단지를 열두 바퀴씩 돌았다. 한 달에 한 번 친구 모임, 일 년에 한 번 해외여행. 엄마는 찬찬히 계획하고 준비한 은퇴 후의 삶을, 찬찬히 살아가고 있었다.

몇 번을 말해. 나 갭 이어라고.

갭 이어가 아무것도 안 하는 거니?

……

갭 이어는 이런저런 경험도 하고, 새로운 분야도 탐색하고 그러는 거잖아.

엄마가 나보다 더 잘 알았다.

나는, 그냥 잠깐 쉬어가고 싶다는 거야.

잠깐이 얼만데, 엄마가 묻고 아, 몰라! 끊어! 하고 내가 역정을 내는 방식으로 통화는 끝나곤 했다. 하지만 다음날 또 전화가 온다. 받기도 하고, 받지 않기도 하지만 엄마는 성실했다. 자신의 하루 루틴에 '딸에게 전화해서 잔소리하기'를 추가한 것 같았다.

전화를 끊고 나는 '쉬어가다'라는 단어에 대해 생각했다. 가만, 쉬어간다는 말은 '쉬었다가 다시 간다'는 뜻이잖아. 가고 싶지 않다.

그냥 쉬고 싶다. 잠깐이 아니고 계속.

일시 정지 버튼을 누르는 게 아니라, 전원을 끄고 싶다.

배터리를 빼고 싶다.

하지만 아무것도 하지 않는 것은 정말 어렵다.

나는 아무것도 하지 않는다면서 끊임없이 무언가를 하고 있었고, 그 무언가는 단지 내 시간을 가져갈 뿐 다른 무엇을 등가교환으로 돌려주지 않았다. 엄마의 말 대부분을 한 귀로 듣고 한 귀로 흘리곤 했지만, 흘려보내지 못한 말이 하나 있다.

삶은 생각보다 길고, 젊음은 돌아오지 않는다는 말.

왜냐하면 나는 그게 무슨 말인지 아니까.

서른 해 남짓 살았을 뿐인데 지금 산 것만큼을 또 살고, 어쩌면 또다시 그만큼을 살아야 할지도 모른다는 사실이 두려웠다. 그게 두려운 건 내가 젊기 때문일 텐데, 나는 내가 젊다는 걸 아는 동시에 키오스크 앞에 황망하게 서 있는 누군가의 마음을, 브레이크 대신 액셀 페달을 밟아버린 누군가의 살 떨리는 공포를 마치 내 것처럼 생생하게 느낄 수 있었다.

*

천 톤짜리 거위털 이불에 대해 물어보려고 정신건강의학과를 찾아갔다. 인터넷으로 꼼꼼히 리뷰를 살펴보고 엄선한 병원이었다.

잠시 이야기를 나눈 후, 의사는 내가 계절성 우울증을 앓고 있을 가능성에 관해 말했다. 겨울이 되면 일조량이 부족해서 세로토닌 분비가 줄어들기 때문에, 아침에 일어나기가 어렵고 무기력해질 수 있다고.

하지만, 정도만 조금 덜했지 항상 그랬는데요. 봄에도, 여름에도.

내 말에 의사는 약간 당황한 기색을 보이더니, 갑자기 나를 꾸짖었다.

그래서 약을 먹을래요, 안 먹을래요?

네? 그걸 제가 정하나요?

그럼 내가 정해요?

의사가 너무 당당하게 대꾸해서 이번엔 내가 당황했다. 저, 그쪽이 의사 아니신지.

……약을 먹으면 좋아지나요?

내가 묻자 의사는 퉁명스럽게 대꾸했다.

사람마다 달라요.

그럼 전 안 먹을래요.

그러세요, 하고 의사는 귀찮다는 듯이 말했다.

세상은 왜 이렇게 나에게 불친절한가.

어디를 가도 마찬가지였다. 카페에서, 마트에서. 아무도 나와 눈을 마주치지 않는다. 얼굴의 반쪽이 마스크로 가려진 세계에서는, 입가에 희미하게 묻어 있을지도 모를 미소가 상대에게 가닿지 못한다.

한번은 코인 빨래방에서 동글이의 방석을 빨았다가 옆에 있던 아주머니에게 혼이 났다. 동물 털에 알레르기가 있는 사람도 있는데, 함께 쓰는 세탁기에 그런 걸 빨면 되겠느냐고. 매너와 상식이 없다고. 매너도 상식도 없었던 건 맞는데, 이렇게까지 호되게 혼날 일인가 싶어 멍하니 있었다. 다시는 안 그럴

테니까 조금만 다정하게 혼내주시면 안 될까요, 생각하면서.

며칠 전에는 이런 일도 있었다. 바르면 트러블이 생겨서 쓸모없게 돼버린 화장품을 중고 거래로 팔고 돌아오는 길이었는데, 술이 거나하게 취한 아저씨가 주먹만한 짱돌을 바로 내 앞에 던졌다. 심장이 벌렁거렸지만 아무런 말도 못했다. 뭐라고 한마디했다가 그 남자가 짱돌을 다시 주워들까봐. 이번에는 정확하게 내 뒤통수를 맞힐까봐. 아저씨는 비틀거리면서 멀어졌고, 나는 몸서리를 치며 집으로 돌아왔다.

뉴스는 흉흉했다. 남편이 아내를 망치로 때려죽이고, 아내는 남편을 물에 빠뜨려 죽였다. 끝없이 이어지는 끔찍한 뉴스들은 오히려 나를 무감각하게 만들었다. 영화나 드라마 속 세상도 다를 게 없었다. 휴대폰을 잃어버렸을 뿐인데 남의 인생을 부스러기조차 남김없이 파괴하는 사이코패스. 그놈을 죽인들 무슨 소용인가. 이미 다 겪어버렸고, 돌이킬 수 없는데.

아니, 돌이킬 수 있을까? 시간 여행물이 있기에 한번 봤다. 하지만 주인공이 과거로 돌아가 노력하면 노력할수록 현재는 점점 더 나빠지기만 했다. 나처럼 아무것도 하고 싶지 않다며 회사를 관두고 시골 마을로 떠난 주인공도 있었다. 잠시 바닷물에 몸을 담그더니 그뿐, 이후로는 각종 사건 사고에 휘말려 바람 잘 날 없이 바쁘고. 인간보다 천만 배쯤 강한 초강력 혈

귀는 또 어떤가. 내가 백 살까지 살면 키부츠지 무잔*이 죽는
걸 볼 수 있을까.

피곤하다.

며칠 전 산책길에 편의점을 들렀는데, 계산을 마친 젊은 여
자 점원이 나에게 좋은 하루 보내세요, 라고 말했다. 처음 보
는 사람에게 그런 인사를 들었다는 게 거짓말처럼 느껴져서
나도 모르게, 네? 방금 뭐라고 하셨어요? 하고 되물었다. 점
원이 눈으로 웃으면서 다시 한번, 좋은 하루 보내시라고요, 했
다. 울컥해서 손이라도 덥석 붙잡고 싶었지만 그냥 뛰쳐나오
고 말았다. 같은 인사를 돌려주지 못해 미안합니다.

그런 날들.

작은 호의에 크게 놀라는 날들.

내가 내 얼굴을 잊어버릴 것 같은 날들.

이따금 내가 웃고 있다는 것을 자각하면 어색했다. 동글이
랑 놀 때, 조금 웃었던 것 같다. 내가 던진 장난감을 절대로 내
게 돌려주지 않는 바보 같은 동글이 때문에. 그걸 줘야 다시
던지지, 말하며 동글이가 입에 꽉 물고 있는 장난감을 빼앗으
려고 하면, 녀석은 전혀 위협적이지 않은 송곳니를 드러내며

---

* 일본 애니메이션 〈귀멸의 칼날〉(2019)에 등장하는 최종 보스.

으르렁거렸다. 그게 웃겼다.

아, 우림 때문에도 가끔 웃었다. 전 회사 후배 우림이 아무 용건도 맥락도 없이 메신저로 실없는 이모티콘을 보내곤 했다.

흐물흐물 춤추는 대파.

시무룩한 카피바라.

소고무를 추는 광기의 춘식이.

얘는 대체 이모티콘에 돈을 얼마나 쓰는 건가 싶은 한편, 더 신박한 것을 사라고 몇 푼이라도 쥐여주고 싶었다.

*

—오늘 명함 새로 받았어요.

우림에게서 메시지가 왔다. 눈물을 쏟으며 주저앉는 펭수.

—대리 승진?

'때려칠래'라는 글자를 머리 위에 달고 있는 루피.

우림은 오늘 저녁에 당장 술을 사달라고 했다. 술은 월급 받는 네가 사줘야 하는 게 아니냐고 했더니 맞다고, 그러겠다고 했다.

입사 동기 민지씨는 나보다 먼저 대리를 달았는데, 민지씨가 퇴사하고 나서도 나는 대리를 못 해봤다. 입사할 때 받은 명함을 퇴사할 때 버리고 왔다. 비어 있던 대리 자리가 내가

퇴사하고 얼마 되지 않아 곧바로 우림 차지가 되다니. 아쉬울
건 없었지만 떨떠름했다.

우림에 대해서는, 사실 아는 게 별로 없었다. 머리색을 두어
달에 한 번씩 바꾼다는 것 정도? 근데 그건 모두가 아는 사실
일 테고. 나이는 스물일곱쯤 되었던 것 같은데. 형제 관계 모
름. 성적 지향 모름.

실없는 이모티콘은 함께 일하던 시절부터 줄기차게 왔다.

우림씨는 대체 이런 걸 어디서 구해요?

내가 언제 한번 그렇게 묻자 우림은 우리는 육 개월을 앞서
사는 사람 아닙니까, 하고 너스레를 떨었다. 표팀장이 굉장히
좋아하는 말이었다. '콘텐츠 MD는 남들보다 육 개월을 앞서
사는 사람이다'라는 말. 주민등록번호가 0으로 시작하는 인턴
사원이 들어왔을 때 느꼈던 아득함이 기억난다. 내가 따라잡
아야 하는 건 육 개월이 아니라 십이 년이었다.

저녁에 만난 우림의 머리카락은 파란색도 아니고 초록색도
아닌 묘한 컬러로 염색되어 있었다. 그런 색깔은 대체 뭐라고
부르냐고 묻자 우림은 '잦은 탈색의 부작용'이라고 부른다고
했다.

근데 난 언제까지 선배님이야? 퇴사한 지가 언젠데.

우림이 내 앞에 잔을 내밀었다.

이제는 퇴사 선배죠. 퇴사해서 잘사는 걸 내가 또 본받아야 되니까.

잔을 맞부딪치며 내가 말했다.

나 같은 거 말고 민지씨 같은 사람을 본받아야죠.

우림은 고개를 절레절레 저었다.

민지 대리님 부럽긴 한데, 생각만 해도 피곤해요. 나는 선배님처럼 맘 편하게 푹 쉬고 싶거든요.

나는 코웃음쳤다.

저기요. 맘 안 편하거든요.

내 말에 우림은 잠시 고장난 것처럼 삐걱거리더니 고개를 끄덕이며 혼자 중얼거렸다. 그래, 편할 리 없지, 편할 수가 있나, 하면서 맥주를 벌컥벌컥 들이켰다. 오백 시시 한 잔을 한꺼번에 다 마셔버리더니 큰 소리로 소주를 주문했다. 마스크를 쓴 가게 주인이 소주병과 잔 두 개를 가져왔다. 금요일 밤인데 가게는 텅 비어 있었다. 손님이라고는 우리밖에 없는데도 주인장의 미간에서 짙은 피로가 느껴졌다.

난 솔직히 우림씨가 제일 잘 적응하고 있다고 생각했어. 감각도 좋고. 무슨 소리 들어도 넉살 좋게 넘기고. 난 그런 게 제일 부럽거든.

내 말에 이번에는 우림이 코웃음을 치며 말했다.

그거 다 연기예요. 나 사실 대문자 I거든요.

내가 대문자 I지. 우림씨는 이러고 있는 I겠지.

나는 머리를 숙이고 양팔을 안으로 둥그렇게 말아 몸으로 소문자 e를 만들려고 했지만 잘되지 않았고, 웃기지도 않았다. 우림이 말했다.

지겨워 죽겠어. 육 개월 앞서 살아야 한다면서 표팀장님은 허구한 날 MBTI 타령만 하잖아. 한 육 년째 하고 있지 않아요?

저기, 그쪽 입사한 지 사 년 차시거든요.

내가 킥킥거렸다. 우림은 따라 웃지 않고 한숨을 내쉬며 말했다.

사는 게 아주 그냥 너무, 피곤해요. 이런 말 하면 형이고 친구고 다 뭐라고 하는지 알아요?

응, 알아.

알아요?

응. 너만 그런 거 아니라고 하잖아. 다 그렇게 산다고.

그러니까요. 그 말이 제일 싫어.

좋아하는 일 하면서 돈도 많이 벌고, 행복하게 사는 사람이 세상에 얼마나 되겠냐고.

그러니까요.

근데 그런 사람 되게 많은 거 같잖아.

그러니까요.

우림이 끝없이 맞장구쳤다.

난 사실 민지씨 계정 보면 너무 괴롭거든? 근데 안 볼 수가 없어.

왜 안 볼 수가 없어요.

나는 존나 나약하거든.

내 말에 우림이 웃는 것도 아니고 우는 것도 아닌 이상한 표정을 지었다. 잠시 침묵이 흘렀다.

아무것도 하지 않을 수 있는 방법을 알고 싶어. 죽는 거 빼고.

내가 말했다.

우림씨, 진짜, 진짜, 정말로 쉰다는 게 뭘까? 우림씨는 그게 뭐 같아요?

실은 엄청 간절한 물음이었다.

난…… 하고 우림이 잠시 생각에 잠기더니 말했다.

음, 시간을 잊어버리는 거요.

뭔가에 몰입해서?

우림이 고개를 저었다.

아뇨, 아예 없는 셈 치는 거? 시간이란 건 돈처럼 아껴 써야 하는 것도 아니고, 물처럼 흐르는 것도 아니고, 시곗바늘처럼 돌아가는 것도 아니고, 그냥 아무것도 아니다. 아니, 없다. 그건 없는 거다.

우림이 주문을 외듯 양손을 가슴 앞에 가지런히 모으고 말했다.

우리가 존나 나약한 인간이라서 그렇게 생각하는 게 너무 어려우면, 그냥 하늘 같은 걸로 상상하는 거예요. 와, 끝없이 펼쳐져 있구나. 모서리가 없구나. 이런 정도로? 하늘을 포모도로식으로 나눠본들 무엇에 쓰겠습니까.

발음이 조금 꼬이는 걸 보니 취한 것 같았다.

있잖아요. 나는 딱 지금, 여기만 생각하고 싶은 거예요. 내가 어딘가에, 발이든 엉덩이든 등이든 간에 붙이고 있는 이 순간만요. 만약에 이게 떨어진다? 그럼 꿈속이거나 아님 미친 거겠지. 〈인셉션〉 봤죠? 암튼 나는 지금 내 몸에 닿아 있는 것만 생각하고 싶다 이 말이에요.

누워서 잠 안 올 때 있잖아요? 내가 오늘 했던 뻘짓들과 내일 해야 하는 일들, 내가 회사에서 구축한 나의 페르소나, 넉살 좋은 이 캐릭터를 내일 또 어떻게 감당하나…… 그런 생각들이 막 밀려와서 미칠 것 같을 때. 그때 난 등을 생각해요. 지금 바닥에 닿아 있는 내 등을요.

이건 등이다.
이건 바닥이다.
등이 바닥에 붙어 있다…… 이러다보면, 잠이 오거든요.
근데 나중에 알고 보니까 그게 명상이라네요? 막 여기저기서 명상하라고 하잖아. 성공한 사람들은 다 명상한다면서. 메타 인지가 어쩌고저쩌고. 근데 난 이미 하고 있었네?

그러니까 갑자기 또 막 내가 성공하려고 그거 하는 거 같잖아.

그러니까, 지겹다는 말이에요.

*

마포대교 입구에서 헤어지려고 했다. 내 집은 다리 건너서 버스만 타면 두 정거장 거리였다. 우림은 굳이 나를 다리 건너편까지 바래다주겠다고 했다.

뛰어내릴까봐?

내가 웃으며 묻자 우림은 혹시 모르죠, 했다.

차들이 우리 곁을 쌩쌩 달려 지나갔다. 대화를 나누기에는 너무 시끄러웠다. 조금 걷다 말고 갑자기 우림이 소리쳤다.

수영 잘해요?

아니, 할 줄 모르는데? 왜?

우림이 이것 좀 보라고 손가락으로 어딘가를 가리켰다. '수영 잘해요?' 다리 난간에 적힌 문장이었다. 우리는 난간에 띄엄띄엄 적혀 있는 문장들*을 번갈아 큰 소리로 따라 읽으며 걸었다.

젊었을 때 고민 같은 거.

암것도 아니여.

하하하하하하하.

힘든 일들 모두.

그냥 지나가는 바람이라.

생각해보면 어떨까?

최악이네요, 우림이 말한 순간 세찬 바람이 불어왔다. 따뜻하지도 차갑지도 않은 바람이.

지나가는 바람.

그냥 지나가는 바람이 간판을 떨어뜨리고, 전봇대를 넘어뜨린다면. 벚꽃 잎을 남김없이 탈탈 털어버리는 바람에 대해 생각했다. 꽃잎은 바로 이 순간에도 떨어지고 있겠지. 한번 떨어진 건 다시 붙지 않아. 봄은 찰나 같고 곧장 여름이었다.

우림이 사뭇 씩씩한 목소리로 말했다.

그나저나 저는 내일 사표 낼 거고, 선배님은 뭐하실래요?

---

* 2012년 서울시가 투신자살을 예방하기 위한 목적으로 마포대교 난간에 적었던 이 문구들은 2019년 사라졌다.

나도 뭘 해야 해?

그럼요.

나는 그럼…… 언팔해야겠다. 민지씨 계정.

우림이 기가 찬다는 듯이 되물었다.

전 퇴사하는데 선배님은 언팔이라구요? 그냥 삭제 가시죠.

앱을 지우라고?

우림이 고개를 가로저었다.

계정 삭제 가시죠. 앱도 지우고요.

그, 그래.

지금요.

지금?

내가 망설이자 우림이 휴대폰을 쥔 채 늘어뜨리고 있던 내 오른손을 끌어다가 내 얼굴 앞에 가져다댔다.

자.

그래! 가즈아! 나는 호기롭게 외치고 인스타그램 앱을 열었다. 톱니 모양 아이콘을 눌러 설정에 들어가서…… 계정 메뉴로 들어가서…… 계정 삭제 버튼을 눌렀다. 메일로 온 인증번호를 입력하라고 했다. 과정이 지지부진해서 의지가 희미해지고 있었지만, 우림이 뺨이 닿을 듯 가까운 거리에서 눈을 부릅뜬 채 지켜보고 있었다.

할 수 있습니다. 할 수 있어요.

우림이 국가대표 선수에게 파이팅을 불어넣는 코치처럼 외쳤다.

마포대교 한복판에 엉거주춤 서서 그러고 있는 게 웃겼지만, 결국엔 인증 번호를 입력하고 확인을 눌렀다. '계정이 삭제되었습니다'라고 적힌 메일이 왔다.

됐다.

자, 이건 제가 해드릴게요.

우림이 인스타그램 앱 아이콘을 손가락으로 꾹 누르더니 삭제해버렸다.

어때요? 기분이?

좋은데. 뭔가 해방감이 느껴져.

내 말이 끝나기가 무섭게 우림이 크로스백에서 명함이 담긴 플라스틱 케이스를 꺼냈다. 케이스의 뚜껑을 열고는, 명함을 강물 위로 쏟아버렸다. 순식간에 일어난 일이었다. 또다시 미지근한 바람이 불어와 하얀 종잇조각들을 공중에 휘날렸다. 술에 취해선지, 물결 위로 어른거리는 불빛들 때문인지 아름다웠고, 조금 어지러웠다.

너, 이거 환경오염이야.

내 말에 대꾸하지 않고 우림은 멍하니 강물 위에 흩어져 있는 하얀 종잇조각들을 바라보았다.

지금 후회하고 있지.

네, 하고 우림이 웃었다.

우리는 다시 걷기 시작했다.

욕 한번 먹고 명함 새로 받아.

네, 그래야죠. 선배님도 계정 새로 만드실 거죠?

응, 하고 대답한 나는 금세 아니, 하고 고개를 절레절레 저었다.

모르겠어. 지금 기분 꽤 좋거든.

우림이 킥킥거렸다.

실은 저도 모르겠어요. 명함 잃어버렸다면서 새로 받고, 다음날 사표 내면 또라이처럼 보이겠죠?

나도 킥킥거렸다.

우린 아마 평생 이러고 살겠지. 갈대처럼 흔들리면서.

근데 갈대 괜찮지 않나. 지나가는 바람에 한껏 몸을 누이면 되니까. 한참 엎어져 있다가 슬그머니 몸을 일으키고, 또 엎어지고. 누가 누구를 일으켜줄 수는 없지만, 같이 엎어져 있는 건 참 나쁘지 않을 것 같다고, 우림에게 말하고 싶었는데 그냥 속으로 생각만 했다.

사표 내면 연락해. 술 사줄게.

다리 끝에 다다랐을 때, 내가 말했다.

사표 안 내면 술 안 사주시나요.

우림은 어느새 마스크를 벗고 있었다.

안 내도 사줄게. 연락해.

우림이 갑자기 손을 내밀었고, 나는 그 손을 잡았다가 놓았다. 우림은 뒤돌아 몇 걸음 걷더니, 금방 고개를 돌려 말했다.

수족냉증에 생강차가 좋대요. 생강차 마셔요.

그래, 가, 하고 나도 뒤돌아섰다. 문득 우림을 다시 다리 저 편까지 건네주고 싶다는 생각이 들었다. 그건 영원히 끝나지 않는 배웅이 될까.

나는 다시 뒤돌아서서, 총총 멀어지는 우림의 뒷모습을 바라보았다. 우림에 대해 새로 알게 된 것들.

장난스러운 미소가 매달린 입꼬리. 따뜻한 손.

내가 할 수 있는 건 겨우 이런 게 아닐까 생각했다. 누군가의 뒷모습이 시야에서 사라질 때까지 가만히 지켜보는 것.

그때 우림이 뒤를 돌아보았다.

우림이 활짝 웃으며 나를 향해 크게, 크게 손을 흔들었다.

한낮의 빛

언니라고 불러도 돼요?

이자카야 구석 자리에서 마지막 잔을 앞에 두고 그애가 물었다. 혀가 조금 풀려 있었다. 하지만 눈빛은 아까보다 더 또렷했고, 표정에는 생기가 넘쳤다. 1차로 갔던 양꼬칫집에서만 해도 긴장한 기색이 역력했는데, 함께 소주 세 병을 비우는 사이 조금은 편안해진 것 같았다. 그애는 오로지 소주만 먹었다. 섞어 마시면 다음날 뒤끝이 좋지 않다면서. 그걸 벌써 깨닫고 있다니, 그애가 나보다 더 언니 같았다.

주명. 이름이 주명이라고 했다. 몇 마디 업무 대화를 나누었을 뿐, 다른 이야기는 해본 적이 없었다. 서른 명 남짓한 아르바이트생 중에서 그애는 조용한 편이었지만 눈에 띈다고 해야 할까, 가만히 바라보게 만드는 어떤 기운 같은 것이 있었다. 다만 그뿐이었고, 나는 그애의 이름조차 모르고 있었다. 아니, 구태여 기억하지 않았다. 며칠 후면 그애와 나는 다시 마주칠 일 없는 사이가 될 거였다. 이 밤이 지나면 흩어질, 지금 여기 서로 몸이 닿을 듯 가까이 앉아 있는 사람들처럼.

약 삼 개월간 진행된 전시는 종료를 일주일 앞두고 있었다. 그건 나의 방학이 끝나간다는 의미이기도 했다. 학기중에는 바쁘니까, 논문을 쓰려거든 방학이 최적기라고 선배들은 말했다. 하지만 내게 방학은 다음 학기 등록금을 바짝 벌어놓아야 하는 시기였다. 에이전시에 미리 요청하면 괜찮은 일거리를 잡아주었다. 나는 대학 때부터 전시장 지킴이, 도슨트, 티켓 발권, 아트숍 관리, 자잘한 서류 업무까지 전시와 관련해서 할 수 있는 거의 모든 일을 경험해보았다. 이번 전시에서 나는 학예사를 도와 아르바이트생들을 관리하고 전체 업무를 조율하는 역할을 하고 있었다.

꽤나 이상한 하루였다. 도슨트 중 하나가 갑작스레 결근해 내가 대신 업무를 맡았다. 그런데 점잖게 생긴 중년 남성 관람객이 정중한 말투로 끝없이 질문을 해댔다. 나는 내가 아는 부분에 대해서는 말해주고, 모르는 것은 모른다고 대답했다. 하지만 쏟아지는 질문에 모른다는 대답이 몇 차례 반복되자 남자는 인터넷 검색만 해봐도 나오는 사실을 왜 모르냐는 둥, 그런 것도 모르면서 자신을 가르치려 드냐는 둥 나를 붙잡고 늘어지기 시작했다.

같은 그룹의 한 관람객이 그 남자에게 그만 좀 하라고 한소리 하자, 남자는 갑자기 돌변해 욕을 하며 난동을 부렸다. 나는 그동안 그런 일이 발생하면 달려가서 중재하는 역할을 해왔는데도, 막상 내가 소동의 당사자가 되자 아무 말도 못하고 얼어붙었다. 결국 누군가가 보안요원을 불러왔고, 그가 남자를 달래 어딘가로 데려가고 나서야 상황은 일단락되었다.

그후로 내가 뭐라고 떠들었는지 기억도 나지 않는다. 그룹의 나머지 관람객들에게 거듭 사과했고 정신없이 도슨트를 마쳤다. 화장실로 달려가 문을 잠그고 삼십 분쯤 앉아 있었다. 그렇게 멍하니 앉아 있다가 무심코 휴대폰을 열자 유영 언니에게서 인스타그램 메시지가 와 있었다. 거기에는 짧은 두 줄의 문장만이 적혀 있었다.

─나, 한국에 왔어. 만나서 얘기하면 좋겠다.

몇 주 전 나는 술에 취해 유영 언니에게 횡설수설로 가득찬 장문의 메시지를 보냈다. 다음날 정신을 차리고서 그것을 삭제하려고 했지만, 이미 메시지의 상태가 '읽음'으로 표시되어 있었다. 불안감 속에 며칠을 보냈으나 언니에게서는 아무런 응답이 없었다. 나는 언니의 무응답에 안도했다기보다는 바쁜 업무를 핑계로 그 일에 관한 생각 자체를 회피하고 있었다.

나는 언니에게 답신을 보내는 대신 이번에도 업무 쪽으로 도망쳤다. 퇴근할 때까지 아무 일도 없었던 것처럼 일했고, 아무 일 없이 일과가 마무리되는 듯 보였으나 결국에는 이상한 하루가 맞았다. 퇴근할 무렵 주명이 느닷없이 내게 술 한잔하실래요, 하고 물어왔으므로.

주명은 수줍어하면서도 내 눈을 똑바로 마주보았고, 말투는 조곤조곤했으나 수다스러운 편이었다. 풍선에서 바람이 빠지는 것처럼 푸쉬쉬, 하고 웃었는데 그게 묘하게 사람의 마음을 편안하게 했다. 온종일 곤두서 있던 내 신경도 알코올 기운과 함께 서서히 누그러지고 있었다. 소중한 사람에게만 공개하기로 마음먹었던 이곳에, 오늘 초저녁에야 통성명을 한 이를 데려오고 말았으니까.

가게 안으로 들어서면 오른쪽에는 주방이 훤히 보이는 오픈 바가 있었고, 왼쪽으로는 2인용 테이블 두 개가 벽에 붙어 있었다. 바와 테이블 사이는 아주 좁아서, 바 좌석에 누군가 앉아 있기라도 하면 게걸음으로 걸어야 했다. 그렇게 안쪽으로 쭉 들어가면 물고기가 그려진 푸른색 커튼 너머로 두 평쯤 되는 공간이 숨어 있었는데, 한쪽 벽에는 커다란 그림이 그려져 있었다. 나는 그 그림을 마주보는 안쪽 자리에 주명을 앉혔고,

곧 그애가 푸슈, 하고 김빠진 웃음을 터뜨렸다.

비틀스 멤버들이 우동을 먹고 있다. 길고 탱탱한 면발의 한쪽 끝은 조지가 야무지게 입에 물고 있고, 다른 한쪽 끝은 폴의 젓가락 끝에 매달려 있다. 누가 봐도 존 레넌인 존 레넌은 손안에 꽉 찰 정도로 커다란 새우초밥을 입으로 막 가져가려는 참이다. 그리고 나머지 한 사람, 링고 스타는 옆얼굴을 보여주며 사케 잔을 기울이고 있는데, 그에게는 미안하지만 그의 실제 얼굴이 기억나지 않아 닮았는지 아닌지는 알 수 없다.

꽤 오래전 나의 애인이 나를 이곳에 처음 데리고 왔을 때, 나도 저 자리에 앉아서 깔깔댔었지. 사람을 무장해제시키는 그림이었다. 그는 빨리 가까워지고 싶은 사람에게만 그 그림을 소개한다고 말했다. 그의 말대로 그날 이후 우리는 빠르게 가까워졌고, 빠르게 멀어졌다. 하지만 그와 이별하고 나서도 나는 종종 홀로 이곳에 들러 따뜻한 사케를 마시곤 했다. 때로는 나 역시 그 그림을 보여주기 위해 마음에 두고 있던 누군가를 데려오기도 했다.

그런 상상을 해봤다. 그와 나의 애인들이, 우리와 이별한 후 우리의 작업 방식을 재활용해 그들의 새 애인을 이곳에 데려온다. 그들은 또 헤어지고 헤어진 그들은 또다시 그들의 새 애인을 데려온다. 이곳의 단골은 그런 식으로 증식하는 게 아닌지. 그렇잖아도 처음 왔을 때보다 손님이 배는 늘어서, 지난번에는 앉을 자리가 없어 그냥 돌아가기도 했다.

왠지 일식보다는 중식이 어울리는, 커다란 무쇠 웍을 양손에 하나씩 쥐고 흔들 법한 팔뚝의 주인 아저씨는 과묵하고도 다정했다. 그는 내 얼굴을 알았지만 내 이름이나 나이는 몰랐다. 내가 가게 문을 열고 들어서면 찰나의 웃음기가 느껴지는 눈인사를 건넸으나, 다른 것은 일체 묻지도 관심을 보이지도 않았다. 그는 내가 무슨 일을 하는지, 어디에 사는지는 몰랐지만 내 연애의 연대기를 알았다. 그와 나는 모종의 비밀을 공유하는 사이인 동시에 절대 궤도가 겹치지 않을 행성 같았고, 그래서 편안했다.

안 돼요?

주명이 재차 물었다.

안 되는 건 아닌데……

그러자 그애가 배시시 웃었다.

언니. 언니라는 말 참 좋지. 아주 어렸을 때부터 그렇게 생각해왔다. 좋아서 함부로 쓸 수 없는 말. 이제껏 내게 언니는 유영 언니 단 한 사람이었고, 한 번도 다른 누군가를 그렇게 불러본 적 없었다. 내가 유영 언니를 언니라고 불렀을 때, 나는 그녀에게 허락을 구하지 않았다. 그건 그렇게나 자연스러운 일이었고, 단 한 번뿐이었다.

학교에서건 회사에서건, 심지어 식당이나 가게에서도 모두가 모두의 언니가 되는 이 세계에서, 나는 정말 그 호칭이 어울리는 사람만을, 내게 유일하거나 유일했으면 하는 사람만을 그렇게 부르고 싶었던 것이다. 연상의 여자들은 내게 늘 '선배' 혹은 '선생님' 'ㅇㅇ씨'이거나 'ㅇㅇ님'이었다. 물론 내가 그렇게 부르는 누구도 내게 그 이상의 존재로 다가오지 않았다. 나를 언니라고 부르는 사람도 없었고, 호락호락 불려줄 마음도 없었다. 그런데.

언니랑 친해지고 싶었어요.

주명은 이미 나를 언니라고 부르고 있었다.

왜?

나의 질문에는 대답하지 않은 채 주명이 말했다.

언니가 가끔 도슨트 할 때마다 엿들었어요. 더는 들리지 않는 곳까지 멀어져버리면 아, 따라가고 싶다, 그러면서.

그애는 구겨진 단무지를 젓가락으로 펴려고 애쓰면서 중얼거리듯 말했다.

근데 저는 나중에라도 그건 못할 것 같아요. 말은 너무 어려워. 어려워요.

나는 뭐라고 대꾸해야 할지 알 수 없어 조용히 있었다. 돌연 주명이 활기찬 말투로 말했다.

전 그냥 구석에 가만히 서서 사람 구경하는 게 좋아요.

그건 나도 그래, 하고 나는 동의했다.

전시 지킴이 파트인 주명은 나보다 여덟 살 어렸고, 대학에서 시각디자인을 전공하고 있다고 했다. 알고 있었다. 전공과 조금이라도 관련이 있다는 이유로 아르바이트 모집에 지원하지만, 딱딱한 구두를 신고 하루 아홉 시간, 열 시간 동안 서서 웃는 낯으로 손님들을 대하는 일이 얼마나 자신을 갉아먹는 일인지. 간혹 의자에 앉을 수 있거나 깔끔한 운동화가 허용되는 일자리도 있었지만 대부분은 아니었다. 그럼에도 불구하고 다들 되돌아온다. 소모되는 체력과 마음의 총량은 어떤 일을 해도 마찬가지이므로. 그래도 이 일은 이력서에 한 줄이 되어줄 것 같기 때문에 되돌아오고 만다. 결국 그렇다.

이자카야를 나선 주명은 아이스크림을 먹고 나서 택시를 타겠다고 고집을 부렸다. 그러고는 편의점에 들어가 아이스크림 하나와 담배 한 갑을 사서 나타났다. 주명은 아이스크림의 포장을 벗겨서 내게 건네고 담배 한 개비를 꺼내 불을 붙였다. 그애가 담배를 피우는 동안 나는 그 옆에 서서 망고맛 하드를 먹었다. 주명은 생기 있는 단계를 지나 나른한 상태로 접어드는 모양이었다. 연기를 내뿜다 말고 쓰러져 잠들 것처럼 위태로워 보였다.

그거 알아요?

문득 그애가 말했다.

언니 목소리는 뭐랄까, 귀기울이게 만드는 힘이 있는 것 같아.

택시를 잡았다. 주명을 택시에 태워 보내려다가 그냥 함께 그애가 사는 곳까지 갔다. 낡은 다세대주택의 이층이었다. 택시 문을 잡은 채 그애가 터벅터벅 계단을 올라 현관문 안으로 들어가는 것을 지켜보고 나서 다시 택시에 올라탔다.

주명이 마지막으로 했던 말이 생각났다. 귀기울이게 만드는 힘이라니. 태어나서 처음 들어보는 얘기였다. 나는 늘 내 목소리를 싫어했다. 입을 벌려 단어 하나를 꺼내놓는 일이 세상에서 가장 어렵게 느껴지던 때도 있었다. 지금처럼 사람들 앞에서 말을 할 수 있게 되기까지는 생각보다 많은 노력이 필요했다.

나는 휴대폰을 열어 유영 언니의 메시지를 다시 읽었다. 이 두 개의 문장은 차가운가, 따뜻한가. 아무런 온도도 느껴지지 않았다. 심호흡을 하고, 답신을 보냈다. 언제, 어디서 만나면 좋겠느냐고.

*

나는 학부 때 회화를 전공했다. 유일한 재능이라 다른 진로는 생각조차 하지 못했다. 십대 시절에는 입시만이 목적인 것처럼 그림을 그렸으나 막상 대학에 입학하고 나자 당황스러웠다. 더 훌륭한 작품을 그리기? 직업 화가로서 성공하기? 내가 정말로 원하는 게 무엇인지 헷갈렸다. 학점이 바닥을 찍었고 휴학을 밥먹듯이 했다. 회화라는 장르를 좋아하고 아끼기는 했지만, 내가 창작자가 되는 것은 이 세상은 물론 나 자신에게도 별 의미가 없다는 생각이 들었다.

아르바이트를 해서 모은 돈으로 스물다섯 살 때 혼자 유럽 여행을 갔다. 토리노에서, 근처 리볼리라는 도시에 처음 들어보는 현대 미술관이 있다는 걸 알게 되었다. 그때 그곳에서는 리볼리 출신의 화가 마리아 막달레나 엘로이즈의 상설전이 열리고 있었다. 화가의 이름 역시 처음 들어보았기에 별 기대 없이 들렀던 그 전시에서, 나는 어떤 그림 앞에 넋을 놓고 한참을 서 있었다. 바로 엘로이즈의 〈이중 자화상〉(1929)이었다.

마리아 막달레나 엘로이즈는 1892년에 이탈리아 서쪽의 작은 마을 리볼리에서 태어나 1976년 미국 뉴욕에서 죽었다. 본명은 로베르타 막달레나 엘로이즈. 국내에는 잘 알려져 있지 않지만 그는 여성 화가 중에서 프리다 칼로보다 더 많은 자화상을 그렸으며, 특히 그녀만의 독특한 다중 자화상 작업은 연구자들의 이목을 끌었다. 그러나 막상 그의 이름이 대중에게 알려지기 시작한 계기는 뉴욕에서 활동하는 유명 사진작가 에두아르 엘로이즈가 자신이 그의 아들이라는 사실을 밝히면서부터다.

연구자들은 그의 작품세계를 대략 3기로 구분한다. 엘로이즈가 스스로 밝힌 바 있듯, 고갱에게 매료되었던 초기에는 단순한 형태의 면과 선을 이용한 인물화를 그렸고, 본격적으로 이중 자화상 작업을 시작하면서 자신만의 길을 찾아나가는 듯 보인다. 내가 매료되었던 〈이중 자화상〉은 그녀가 다중 자화상 작업을 처음으로 시도한 작품으로 알려져 있다.

마치 하나의 뿌리에서 자라난 듯한 두 개의 몸통은 서로 중첩되어 있어 선후를 구분하기 어렵다. 누드로 표현된 두 몸은 허리께에서 두 개로 갈라지는데, 그중 작은 몸은 일견 아이의 것처럼 보인다. 큰 몸에는 두 개의 유방이 선명하게 그려져 있기 때문이다. 불안정하게 울렁거리는 잿빛 윤곽선은 한 몸을 다른 몸의 물그림자처럼 보이게도 하고 표면이 굴곡진 거울의 반향처럼 보이게도 한다. 작품 속 얼굴들은 거의 뒷모습에 가까운 옆얼굴을 보여주고 있어, 엘로이즈와 얼마나 닮았는지 확인하기는 어렵지만 그는 이것을 분명히 자화상이라 명명하고 있다.

엘로이즈가 자화상 작업에서 시도한 중첩은 해가 지날수록 늘어나고 복잡해져 2기가 되면 거의 추상화에 가까워진다. 수

많은 '나'들이 겹치고 섞이면서 대체할 수 없는 하나의 인상을 직조해낸다. 3기에는 오히려 사실주의에 가까운 자화상을 그렸다. 3기 작품들 속 엘로이즈의 모습은 매우 늙어 있는데, 마치 그가 그간 그려왔던 수많은 '겹'들이 지울 수 없는 주름으로 그의 신체에 안착한 것처럼 보인다.

이러한 변화에도 불구하고 그의 작품들에 공통적으로 나타나는 특징은 밝고 강렬한 색채다. 특히 2기 작품들은 마치 색채가 화폭을 뚫고 나올 것처럼 눈부시다. 엘로이즈는 나뭇잎 사이로 쏟아지는 햇빛을 연상시키는, 레몬기 섞인 진녹색을 즐겨 사용했는데 일부 연구자들은 이를 '엘로이즈 그린'이라고 부른다.

여행에서 돌아온 뒤 나는 회화에서 미술사로 전공을 선회했다. 나의 연구 주제는 대학원에 진학하기 전부터 이미 정해져 있었다. 여성 화가들의 자화상에 관한 연구. 그중에서도 엘로이즈의 작품세계를 더 들여다보고 싶었다.

그러다 지난겨울, 내가 몇 차례 일한 적 있던 미술관에서 해외 여성 화가들의 자화상을 국내에 소개하는 기획 전시를 연다는 소식을 듣게 되었다. 작품 목록에 엘로이즈의 〈이중 자화상〉도 포함되어 있었다. 전시를 기획한 학예사의 연락처를 알고 있었으므로 용기를 내어 전화를 걸었다. 현재 석사학위 과정을 밟기 시작했으며, 연구하고자 하는 주제가 이러하므로 이번 전시에서 함께 일하기를 희망한다고 말했다. 그는 재단과 조율해 내 일자리를 따로 마련해주었다. 전시 기간에만 일하는 계약직이지만 에이전시를 통해 구할 수 있는 일자리보다는 시급이 조금 더 높았다.

나의 아버지도 어렸을 때 그림을 잘 그렸다고 한다. 사생대회에 나가면 줄곧 일등을 할 정도였다. 하지만 할아버지에게 사생대회 일등 상장 따위는 아무 의미가 없었다. 할아버지는 아버지가 '사'자가 들어가는 직업을 갖기를 원했다. 아버지 역시 넉넉지 않은 집안을 일으키기 위해서는 장남인 자신이 희생해야 한다고 생각했으나 줄곧 억울했다.

그의 억울함은 늦둥이로 태어난 내가 미술에 재능이 있다는 사실을 알게 되었을 때 어느 정도 해소되었다. 그러나 얼마 가지 않아 아버지는 내가 천재는 아니라는 사실을 깨달았다. 특히 나는 유영 언니와 자주 비교당할 수밖에 없었는데, 언니는 유치원 때부터 첼로 연주로 신동 소리를 들어온 천재였기 때문이다. 그래도 부모님은 내가 대학에 입학할 때까지 전적인 지원을 해주었다. 그렇게 할 능력이 있었으므로 그렇게 했던 것이다.

아버지는 할아버지의 바람대로 '사'자 직업을 갖지는 못했지만 상고 출신으로 오랫동안 은행에서 일했고, 무더기 명예

퇴직 때도 살아남아 부지점장까지 지냈다. 엄마 역시 여상고를 나와 주판 실력이 전국에서 손에 꼽힐 정도의 재원이었다고 한다. 부모님은 직장에서 만나 제법 진하게 연애한 후에 결혼했고, 오빠를 임신하면서 엄마는 직장을 그만두었다. 그로부터 몇 년 후 아버지가 자신의 고등학교 후배를, 엄마가 자신의 고향 동생을 서로 소개했고, 그 두 사람이 만난 지 삼 개월 만에 유영 언니는 세상에 나올 준비를 시작했다.

유영 언니의 아버지는 미용 기구 수출업을 했다. 부모에게서 물려받은 사업이었다. 80년대 말 사업이 호황을 맞아 언니네는 말 그대로 돈방석에 앉았다. 하지만 원래도 풍족하던 집안이어서 그런지 벼락부자 느낌이 안 났다. 나의 부모님은 그들 부부의 타고난 팔자를 부러워하면서도, 그들을 친구로 두었다는 것을 자랑스러워했다.

우리 가족은 종종 그들에게서 식사 초대를 받았는데, 그럴 때면 부모님은 오빠와 내게 가장 좋은 옷을 입혔다. 나 역시 다른 또래들보다는 부족함 없는 어린 시절을 보냈다고 생각한다. 그럼에도 불구하고 언니네 집에 처음으로 놀러갔을 때, 깨달았다. 세상에는 내가 가진 것보다 더 좋은 것들이 있구나. 더 큰 것, 더 아름다운 것, 더 깨끗한 것.

우리집 전체를 합친 것보다 더 넓었던 언니네 집 거실에는 화려하지만 과시적이지 않은 고급스러운 샹들리에가 천장에 매달려 있었고, 벽에는 정각마다 커다란 소리로 댕댕 울리던 괘종시계가 있었다. 장정 여럿이 달려들어도 꿈쩍하지 않을 것 같은 커다란 물소 가죽 소파, 정원 쪽으로 시원스럽게 난 창문 앞에 위풍당당하게 놓여 있던 그랜드피아노. 언니 옷장에 차곡차곡 걸려 있던 부드러운 촉감의 원피스들과 색색의 연주회용 드레스. 그리고 나는 그때 처음으로 '각설탕'이라는 것을 보았다. 네모반듯한, 주름 하나 없는 흰색 포장지로 싸인 그것은 막대사탕 따위보다 귀하게 느껴졌고, 나는 그날 저녁 거실 테이블 위에 놓여 있던 각설탕을 두 개 훔쳐 주머니에 넣었다.

그런 유영 언니가 우리집에 잠시 머물렀던 건 언니가 열세 살 때, 내가 아홉 살 때 일이다. IMF로 급작스럽게 사업이 기울기 시작해, 언니네 부모님은 파산을 막고자 미국에 가서 동분서주하고 있었다. 그 와중에 언니를 돌볼 여력이 되지 않았기 때문에, 언니는 약 반년간 우리집에서 지내기로 되어 있었다. 학교 운동장만큼 넓은 정원을 가진 이층짜리 저택에 살면서 자신의 방을 두 개나 가지고 있던 언니, 방 하나는 침실로, 다른 방은 공부방 겸 첼로 연습실로 쓰던 언니는 이제 나와 조그만 방 하나를 나누어 써야 했다.

우리 부모님은 그렇게 부유한 집안에서 금지옥엽 자란 외동

딸을 어떻게 대해야 할지 알 수 없어 어쩔 줄 몰라했다. 하지만 언니는 겨우 초등학생이었으면서도 이런 상황에서 자신이 어떻게 행동해야 할지를 정확히 알고 있는 것처럼 보였다. 부모님이 말을 걸면 늘 예의바르게 대답했고 붙임성 있게 웃었다. 밥은 남기지 않고 먹은 뒤에 잘 먹었습니다, 인사하고 다먹은 그릇은 개수대에 가져다놓았다.

언니는 우리집에 올 때 커다란 트렁크 하나를 가지고 왔는데, 언제든 떠날 사람처럼 짐을 풀지 않았다. 가방을 열어 필요한 것들을 꺼내 쓰고, 속옷은 혼자 화장실에서 빨았으며, 마른빨래를 다시 개켜서 트렁크 안에 넣었다. 언니의 조그만 브래지어. 나는 아직 한 번도 입어보지 못한 그것이 방 한구석에 조심스럽게 걸려 있곤 했다.

첫날, 언니는 트렁크에서 신발 상자 크기만한 꽃무늬 박스를 꺼내 선물이라며 내게 주었다. 그 안에는 아무것도 입지 않은 바비 인형과 바비의 남자친구 켄이 서로 포개진 채 들어 있었다. 수십 벌쯤 되는 인형 옷과 모자, 신발도 잔뜩 있었다. 나도 모르게 우와, 하고 탄성을 질렀다. 나도 바비 인형을 하나 가지고 있기는 했지만 언니의 컬렉션과는 비교도 할 수 없었다.

나는 이제 과거를 청산할 거야.

언니가 '청산'이라는 단어에 힘을 주어 말했다.

청산이 무슨 뜻이야?

나의 질문에 잠시 고민하던 언니가 말했다.

음, 없었던 걸로 한다는 뜻이야.

한 수 가르쳐준다는 투였다. 하지만 그때 나는 이미 일어난 일들을 어떻게 없었던 것으로 할 수 있는 걸까, 생각했던 것 같다. 언니는 의젓한 태도로 말을 이었다.

우리집은 이제 형편이 예전 같지 않아. 사람은 자기 분수에 맞게 살아야 하는 거거든. 나도 이제 어린애가 아니니까. 인형 놀이나 하고 있을 순 없지.

언니는 나에게 인형과 인형 옷들을 넘겨주면서 화려했던 과거를 청산하려 했던 모양이다. 언니는 우리집에 있는 동안 바비 인형은 물론 첼로에도 더는 손을 대지 않았다. 매일 받던 레슨도 없었고, 연주회에 불려다니는 일도 더는 없었다. 언니는 그냥 평범한 초등학생으로 돌아와야 했던 것이다. 언니와 나는 같은 초등학교에 다녔다. 한번은 국내 콩쿠르에서 일등을 한 유영 언니가 월요일 조회 시간에 하얀 드레스를 입고 전교생 앞에서 첼로를 연주한 적이 있었다. 나는 그 장면을 생생하게 기억하고 있었고, 그런 언니와 한방을 쓴다는 것이 꿈만 같았다.

나는 언니와 함께 십 분 정도 걸리는 하굣길을 걸어 집으로 돌아왔다. 6학년인 언니가 나보다 수업이 늦게 끝났기 때문에, 나는 운동장에서 친구들과 놀면서 언니를 기다렸다. 언니가 나타나 수정아, 하고 부르면 조르르 달려가 손을 잡는 기분이 끝내줬다.

여섯 살이나 차이가 나서인지 오빠는 어렸을 때부터 나를 조금도 상대해주지 않았다. 언니는 나와 인형놀이를 함께해주지는 않았지만, 당시 6학년 여자아이들 사이에서 유행하는 스타일로 내 머리카락을 땋아주기도 했고, 장미향 나는 외제 향수를 내 손목에 조금 뿌려주기도 했다. 처음으로 형제가 있다는 느낌이 들었다. 하지만 그날 이후 모든 게 달라졌다.

그날, 저녁을 먹은 후 나는 내 방 침대에서 잠시 잠이 들었다. 눈을 떴을 때는 온 집안이 고요했다. 아버지는 아직 퇴근하지 않았고, 엄마는 수요 예배를 드리러 교회에 갔을 것이었다. 오빠는 언제나처럼 방안에 처박혀 있을 게 분명했다. 그럼 언니는? 나는 비몽사몽간에 몸을 일으켜, 언니를 찾기 위해 방문을 나섰다. 거실에도, 부엌에도, 화장실에도 언니는 없었다. 복도는 어두웠고, 오빠 방의 문이 조금 열려 있었는데, 그 틈으로 스탠드의 주황색 불빛이 흘러나오고 있었다.

문을 살짝 밀었을 때, 나는 침대 위에 등을 수그리고 앉아 있는 오빠의 뒷모습을 보았다. 그리고 언니가 오빠 밑에 있었다. 나는 언니의 원피스가 가슴께까지 말려 올라간 것을 보았다. 내가 본 것을 정확히 이해할 수는 없었지만, 본능적으로 무언가 잘못되었다는 것을 알았다. 심장이 두근거렸다. 잠시 어쩔 줄 몰라하던 나는 거실로 가서 텔레비전을 켜고 볼륨을 높였다. 곧 오빠가 방에서 나와 나를 흘끗 보더니 화장실로 들어갔다. 언니가 방문을 닫고 안으로 들어가는 소리가 들렸다.

집에 돌아온 엄마에게 나는 조금 전 있었던 일을 이야기했다. 그 순간 엄마의 얼굴에 떠오르던 당혹감. 엄마는 밤늦게 퇴근한 아버지에게 내 이야기를 전달한 모양이었고, 아버지는 붉으락푸르락한 얼굴로 안방에서 나와 오빠 방으로 들어갔다. 퍽, 퍽, 오빠가 맞는 소리. '정신 나간 놈'이라고 욕하는 소리.

그리고 부모님은 언니를 안방으로 불렀다. 나는 문밖에서 귀를 기울였지만 아무것도 들리지 않았다. 그때 오빠가 방에서 나와 나를 복도 구석으로 끌고 갔다. 오빠의 한쪽 뺨이 퉁퉁 부어 있었고 아랫입술이 터져 있었다.

한 번만 더 고자질하면 죽여버린다.

오빠가 내 멱살을 잡고 말했다. 그렇게 말하는 오빠는 정말로 나를 죽일 수도 있을 것 같았다. 내가 재빨리 고개를 끄덕이자 오빠는 나를 놓아주었고, 나는 방으로 돌아가 언니를 기다렸다. 잠시 후 언니가 무표정한 얼굴로 돌아왔다.

언니, 괜찮아?

언니는 대꾸하지 않았다. 그때는 듣지 못했지만 부모님이 언니에게 했을 이야기는 결국 뻔하다. 이 사실을 알면 네 부모님이 얼마나 걱정하시겠니. 세상 사람들은 이런 일에 남자가 아닌 여자를 손가락질한다. 그런 세상이니까 가만히 있어라. 침묵해라.

그래서 언니는 그렇게 했다. 그날 밤 안방에서 나온 이후로 언니는 단 한마디도 하지 않았다. 다녀오겠습니다, 잘 먹었습니다, 하는 예의바른 인사도. 누구와도 눈을 마주치지 않았고, 뭔가를 물어도 대답하지 않았다. 고개를 끄덕인다거나 좌우로 흔드는 최소한의 의사표시조차 하지 않았다.

하지만 그날 밤 부모님이 입단속을 해야 했던 건 언니가 아니라 나였다. 다음날 학교에서 나는 단짝 친구에게 어젯밤 있었던 일을 말했다. 이런 일이 있었고, 오빠는 아빠에게 맞았고, 오빠는 나를 죽인다고 했고, 운운. 학교에 소문이 퍼졌다. 너무 어렸기 때문에 그 일의 경중을 알지 못했다고 변명하고 싶지만, 사실 그때 나는 내가 그래서는 안 된다는 것을, 그렇게 함부로 입을 놀려서는 안 된다는 것을 마음속 깊은 곳에서 알고 있었던 것 같다.

한 달쯤 지난 후, 언니의 부모님이 한국에 돌아왔다. 그들은 곧 언니의 담임선생님으로부터 연락을 받았고 그날 저녁 우리 집으로 찾아왔다. 아버지는 퇴근 전이었다. 아주머니는 엄마에게 눈길도 주지 않은 채 언니를 데리고 밖으로 나갔고, 아저씨는 방에 있던 오빠를 거실로 끌고 나와 소파에 내던졌다. 그리고 오빠가 잘못했다고 말할 때까지 뺨을 때렸다. 엄마가 말렸지만 아랑곳하지 않았다. 엄마가 아버지에게 전화를 걸었고 아버지가 서둘러 집으로 돌아왔다. 그리고 이번에는 아버지들끼리 멱살을 잡았다. 나의 아버지의 요지는 이것이었다. 나는 내 아들을 때려도 되지만 너는 아니다. 그 일로 부모들 사이가 완전히 틀어졌다. 언니의 부모님은 미국에 다시 들어갈 때 언니를 데려갔고, 이후로 나는 언니를 다시 보지 못했다.

언니가 어떤 시간을 견뎌야 했는지 나는 잘 모른다. 나이가 들어가며 짐작했고 짐작할수록 나 자신을 용서할 수 없었다. 언니가 떠난 후 나는 꽤 오랫동안 선택적 함구증을 겪었다. 나처럼 함구증을 겪은 다른 아이들은 대부분 가족들과는 친밀하게 이야기를 나누지만, 그 외의 다른 사회적 상황에서 말을 하지 못하는 경우가 많다고 들었다. 하지만 나는 가족들과 함께 있을 때 말하는 것이 불가능했다. 친구나 선생님들에게도 마찬가지였다. 처음 보는 사람, 나를 전혀 모르는 사람과 대화하는 것이 오히려 쉬웠다. 부모님은 그런 나를 이런저런 클리닉과 상담소에 데리고 다녔지만, 결국 나는 집을 떠나고 나서야 조금씩 말을 하기 시작했다.

언니가 독일 남자와 결혼했다는 소식은 엄마에게서 들어 알고 있었다. 언니는 독일의 발베르크라는 도시에 살면서 시립 오케스트라에서 첼로를 연주한다고 했다. 이미 남남이 된 지 오래인데도 엄마는 그 집 소식이라면 귀신같이 알아냈고 묻지도 않은 내게 전해주곤 했다. 어느 날 나는 엄마와 통화하다가 소리를 질렀다. 그걸 왜 나한테 말하느냐고, 알고 싶지 않으니까 얘기하지 말라고. 엄마는 대꾸 없이 전화를 끊었다.

알고 싶지 않다는 것은 사실이 아니었다. 유영 언니가 어디서 어떻게 살고 있는지 늘 궁금했고 어떤 단서라도 알고 싶었다. 하지만 엄마에게서만큼은 아니었다. 그러니까 엄마는 언니가 어딘가에서 소위 말하는 '정상 가족'을 이루고 행복하게 살고 있다는 것을 나에게 증명하고 싶었던 것이다.

엄마는 그후로 더는 내게 언니 이야기를 하지 않았다. 하지만 나는 멈출 수가 없었다. 언니가 살고 있다는 '발베르크'를 검색해보았지만 그런 도시는 없었다. 돌고 돌아 겨우 찾아낸 이름은 '밤베르크'였다. 밤베르크시의 홈페이지에서 밤베르크 시립 오케스트라의 인스타그램 계정을 알게 되었다. 계정의 팔로워는 천 명이 채 안 되었고, 게시물은 약 이백 개 정도 올라와 있었다. 나는 피드에 있는 사진을 하나하나 살펴보기 시작했다.

거기 언니가 있었다. 동양인으로 보이는 사람은 언니뿐이었다. 어릴 적 얼굴이 남아 있는 것 같기도 했고, 전혀 모르는 얼굴 같기도 했다. 사진 밑에 댓글이 몇 개 달려 있었다. 학부 때 교양독어 수업을 들었던 나는 그 독일어 문장들을 더듬더듬 읽었다. 레아, 사진이 잘 나왔어, 레아, 오늘 연주가 끝내줬어, 그런 이야기들. '레아'가 언니의 독일어 이름인 것 같았다. @uu_lea는 그 댓글들에 고맙다는 인사와 함께 윙크하는 고양이 이모티콘을 달아놓았다. 나는 레아의 계정에 들어가보았다. 비공개 계정이었다. 볼 수 있는 건 굳게 닫힌 자물쇠뿐이었지만 나는 생각날 때마다 거기에 들어가보았다. 그리고 결국 그날 술에 취한 채로 언니에게 메시지를 보낸 것이다.

미안하다는 말을 하고 싶다. 하지만 할 수 없다. 나와 우리 가족을 용서해달라. 아니, 절대 용서하지 마라. 언니의 건강과 행복을 빌고 싶다. 하지만 감히 그럴 수 없다. 모순과 자기 연민으로 가득한 메시지를.

나는 언니가 어느 때고 나를 찾아와 이 모든 게 나 때문이라고 할까봐 두려워하면서도, 한편으로는 제발 그래주기를 바라며 살았다. 화를 내고, 내 뺨을 때리고, 나와 우리 가족을 저주하기를. 혹은 내가 울면서 용서를 구하고, 언니는 내게 네 잘못이 아니라고, 나처럼 너도 그저 아이였다고 말해주기를.

언니와 만나기로 약속한 날이 될 때까지 나는 언니에게 어떤 말을 어떻게 꺼내야 할지, 언니가 어떤 반응을 보일지, 그

러면 나는 또 어떤 표정을 짓고 어떤 행동을 해야 할지, 그 생
각에 줄곧 사로잡혀 있었다.

전시 철거를 마치고 모처럼 여유로웠던 주말 오후, 조용한
카페에서 유영 언니를 만났다. 이십 년 만이었다. 언니는 발목
까지 내려오는 연하늘색 원피스를 입고, 머리카락을 집게핀으
로 틀어올려 우아해 보였다. 뺨의 주근깨를 가릴 의도가 전혀
없는 옅은 화장. 아주 잘 길들여져 미소 지을 때 도드라지는
눈가 주름이 근사했다. 꽤 허스키한 중저음의 목소리는 낯설
게 느껴졌다.

언니는 메뉴판에서 '생강라테'를 보고는 먹어보고 싶다며
주문했다. 나는 따뜻한 커피를 마셨다. 언니는 내가 하는 공부
에 관해 물었다. 최근 내가 일한 전시에 관해서도.

그림을 잘 그리더니, 그림을 깊이 들여다보는 사람이 되었
구나, 하고 언니가 말했다. 언니는 아이가 걸음마를 시작할 때
쯤 첼로를 다시 시작했다고 했다. 남편은 고등학교에서 지리
를 가르치고 있으며, 아들은 취미로 전자 바이올린을 연주한
다고 했다. 아들이 최근 친구들과 재즈와 록, 클래식을 아우르
는 퓨전 밴드를 결성했는데 연주를 듣는 것이 아주 고역이
라고.

언니가 내게 그런 이야기를 하는 동안 나는 테이블 밑으로

다리를 떨었고, 언니와 눈이 마주치면 눈길을 피했다. 한 시간 쯤 지나 우리는 자리에서 일어났고, 헤어졌다. 또 보자는 인사는 오가지 않았다.

만나서 반가웠어. 잘 가.

언니는 그렇게 말했다.

*

그날 밤, 잠이 오지 않아 뒤척이고 있는데 휴대폰 진동이 짧게 울렸다. 나는 안대를 벗고 협탁에 놓인 휴대폰을 향해 손을 뻗었다.

—언니. 잠이 안 와요.

주명에게서 온 메시지였다.

나도. 나도 그래. 그렇게 적었다가 지웠다.

검고 두꺼운 암막 커튼을 쳤는데도 이 방안은 왜 이렇게 어둡지 않을까. 눈을 감고 안대를 썼는데도 왜 어떤 잔상이 망막에 매달려 떨어지지 않는 걸까. 묻고 싶었다. 우리가 잠들 수 없는 것은 그래서일까. 우리가 우리에게서 빛의 기미를 완전히 떼어놓을 수 없기 때문에.

자리에 누운 채 어슴푸레한 사물의 윤곽을 눈으로 더듬는 동안, 어디선가 읽었던 니체의 말이 머릿속에 떠올랐다.

'한낮의 빛이 어둠의 깊이를 어찌 알겠는가.'

그러나 밤의 어둠도 한낮의 빛을 알지 못한다.

주명의 이름을 몰랐다는 건 거짓말이다. 외우고 싶지 않았는데 이미 머릿속에 있었다. 전시가 시작된 주말에는 관람객이 발 디딜 틈 없이 많았지만, 평일로 접어들면서 조금 여유가 생겼다. 게다가 그날은 새벽부터 종일 폭우가 쏟아져 유난히 관람객이 적었다. 나는 전시장을 돌아다니며 전반적인 상황을 점검하고 있었다. 그런데 지킴이 하나가 제자리에 없었다.

그 자리에 있어야 할 사람은 주명이라는 이름을 가진 아르바이트생이었다. 나는 그에게 무전을 보내려다가, 화장실에 간 걸까 싶어 잠시 기다려보기로 했다. 그때 나는 검은 옷을 입은 누군가가 저멀리 어떤 그림 앞에 붙박인 듯 서 있는 것을 보았다. 내가 오래전 그랬던 것처럼. 시간을 잊은 사람처럼.

그가 보고 있는 건 분명 엘로이즈의 〈이중 자화상〉이었다. 나는 조용히 그쪽으로 다가가보았다. 가슴께에 명찰이 달려 있는 걸 보니 자리를 이탈한 지킴이가 분명했다. 그늘진 옆얼굴. 울고 있는 것 같았고, 웃고 있는 것 같기도 했다. 나는 곧 자리를 떴지만 그애의 이름을 기억했다. 주명.

한낮의 빛晝明.

그 이름의 한자가 정확히 어떤 것인지는 알지 못했지만 내

멋대로 그렇게 생각했다.

엘로이즈는 십대 시절 새아버지로부터 성적 학대를 당했고 열일곱 살 때 그의 아이를 임신했다. 그는 힘겹게 고향을 탈출해 가까운 국경을 넘어 프랑스로 갔다. 파리로 간 그는 거기서 아이를 출산한 후 카페 여종업원으로 일하기 시작한다. 그러던 어느 날 당시만 해도 그리 유명하지 않았던 화가 레제 뒤랑의 눈에 띄게 된다. 뒤랑은 엘로이즈를 모델로 한 누드화로 주목받기 시작했고, 그러자 다른 화가들도 경쟁적으로 엘로이즈를 모델로 쓰고 싶어한다. 그렇게 엘로이즈는 그들의 모델이자 정부로 한 시절을 보낸다. 이 무렵 레제 뒤랑은 엘로이즈의 미들 네임이 막달레나인 것을 알게 된 후, 『신약성경』에 등장하는 인물 마리아 막달레나에게서 착안해 엘로이즈에게 '마리아'라는 별명을 지어준다.

그러다 1924년 가을, 엘로이즈는 마침내 디디에 르나르를 만난다. 수채 풍경화와 목판화 작업으로 명성을 얻은 화가였던 르나르는 엘로이즈가 자신의 작품세계를 만들어가는 데 물질적, 정서적으로 큰 역할을 했다. 그는 엘로이즈가 독립적으로 작업할 수 있는 공간을 제공했을 뿐 아니라, 엘로이즈의 아들 에두아르를 자신의 집으로 데려와 함께 지냈다. 에두아르는 후에 르나르가 좋은 친구이자 선생이었다고 회상한 바 있

다. 엘로이즈는 르나르와 함께 살면서부터 모델 일을 그만두
고 그림 작업에 전념한다. 엘로이즈와 르나르는 결혼하지 않
은 채 르나르가 지병으로 세상을 떠날 때까지 함께 살았다. 엘
로이즈는 말년에 한 인터뷰에서 다음과 같이 말한다.

'나는 쏟아지는 한낮의 햇볕 아래서 아찔한 평온을 느낍니
다. 피부 전체가 바늘로 찌르는 것처럼 따갑고, 빛은 마치 그
구멍들을 통해 나를 관통하는 것 같습니다. 물론 빛은 나를 통
과하지 않았습니다. 나를 닮은 그림자가 여기 있기 때문입니
다. 하지만 내게 그 그림자는 내 몸만한 어둠이 아니라 빛의
잔해처럼 보입니다. 나는 그것을 그리고 있습니다.'

해설

빛과 그림자

인아영(문학평론가)

문진영의 소설을 읽으면 색채의 세계가 펼쳐지는 것 같다. 단지 시각적인 묘사가 남다르다거나 다채로운 사물을 보여준다는 이야기는 아니다. 차라리 문진영의 소설은 우리에게 빛과 어둠의 무한한 스펙트럼을 체험하게 해준다고 말해야 할 것 같다.

빛은 태양과 같은 물체에서 발생하여 어떤 사물이 우리의 눈에 보일 수 있게 하는 전자기파다. 그렇다면 어둠이란 무엇일까. 흥미롭게도 어둠을 정의하는 데는 특별한 설명이 없다. 어둠이란 그저 빛의 부재를 뜻한다. 빛이 없거나 부족한 상태. 그것을 우리는 어둠이라고 부른다. 빛이 물리적인 '실체'라면, 어둠은 상대적인 '개념'인 것이다. 빛이 없으면 어둠은 정의될 수조차 없는 의존적이고 추상적인 개념이다. 그러나 어둠이 실체가 아니라 개념에 불과하다는 사실은 오히려 어둠을 특별하게 만든다. 빛의 정도에 따라 상태가 달라진다는 속성 때문에 어둠은 무한해지기 때문이다. 어둠에는 무수히 다양한 스펙트럼이 존재한다. 어두운 어둠이 있는가 하면, 그보다는 조금 밝은 어둠도 있고, 혹은 더 밝은 어둠도 있을 수 있다. 앞을 보이지 않게 하는 어둠이 있는가 하면, 안전하게 숨겨주는 어둠도 있고, 편안히 잠을 잘 수 있도록 도와주는 어둠도 있다. 이 세상에 같은 어둠은 없다. 어둠은 하나가 아니며 그럴 수도 없다. 그렇다면 빛과 어둠이란 이 세상을 두 개의 상이한 영역으로 구획하는 반대 개념이라기보다, 이 세상이 무수히 넓고 다채로운 스펙트럼으로 이루어져 있도록 하는 전제 조건이 아닐까?

문진영의 소설은 빛과 어둠이 혼란스럽고 아름답게 섞여 있는 바로 그 세계로 우리를 데리고 간다. 그리고 보여준다. 새하얗고 완벽한 빛의 이면에는 보이지 않는 은은한 어둠이 있다는 것을, 반대로 캄캄한 어둠 속에서도 서서히 떠오르는 환한 빛이 있다는 것을, 그리고 내 몸만한 어둠이라고 생각했던 그림자가 실은 빛이 남긴 흔적일 수 있다는 것을. 그러니까 우리의 삶 자체를.

짙어지는 그림자

「미노리와 테츠」의 '나'는 자신이 어둠 속에 있다고 생각하는 종류의 사람이다. '나'가 자꾸만 스스로를 그렇게 생각하게 되는 이유 중 하나는 수민이다. 유치원 시절부터 단짝이었고 초중고 동창이며 대학 입학 이후에는 함께 살기까지 했던 "나의 가장 가까운 친구이자 오래된 친구"인 수민은 '나'를 자꾸만 작아지게 만드는 반대 성향의 절친이기 때문이다. 수민은 별 볼 일 없는 일도 대단한 일처럼 보이게 하는 재주가 있고, 그것이 사람을 끌어당기는 매력이 되어서 주변에 늘 사람이 많으며, 발랄한 에너지를 타고난 사람. 반면 '나'는 회사 팀장에게 사회 생활을 잘하려면 눈치가 있어야 된다는 질책을 듣고, 누군가와 사랑에 빠지려 할 때마다 번번이 도망치며, 인간 관계에 서툰 얌전하고 소심한 사람. 마치 빛과 어둠이라는 양분된 세계를 한쪽씩 담당하기라도 한다는 듯, '나'는 서로 다른 세계에 속한 수민과 자신이 서로의 기분은 평생 모를 거라고 확신한다.

수민은 아나운서 시험에서 삼 년째 낙방하고 '나'는 아르바이트를 전전하던 시절, 훌쩍 같이 떠난 도쿄 여행에서 일본인 커플을 만나면서 그런 믿음이 더 강해진다. 식물로 가득한 태국 음식점에 우연히 들어가서 알게 된 미노리와 테츠. 두 사람보다 불과 세 살밖에 많지 않지만 '나'는 이들을 근사한 어른이자 이상적인 부부처럼 여긴다. 유명한 예술대학에서 서양화를 전공했지만 태국에서 요리 수업을 듣고 가게를 차린 미노리와 공대를 졸업했지만 소설도 시도 아닌 무언가를 쓰고 싶다는 꿈을 꾸고 있는 테츠. 멋진 가게를 꾸리면서도 자유와 낭만을 잃지 않는 이 커플을 '나'가 동경했던 이유는 하나 더 있었다. "테츠는 대체로 조용히 듣고 있다가, 미노리가 어떤 단어를 떠올리지 못하거나 기억을 더듬고 있을 때 마치 원하는 곳에 정확히 패스를 찔러넣는 축구선수처럼 필요한 말을 던져주곤 했다"는 것. 그러니까 두 사람은 서로가 서로에게 완벽하게 어울리는, 합이 좋은 파트너십을 구축하고 있었다는 것. 그렇게 멋진 이들의 얼굴마저 환하게 만드는 재주를 가진 수민이 낯선 장소에서 많은 이들의 관심과 호기심을 한몸에 받으며 수줍지만 기쁘게 노래를 부르는 모습을 보고 '나'는 생각한다. 동갑임에도 불구하고 "젊음이라는 것에 얼굴이 있다면 바로 지금 저애 같은 모습"일 거라고. 그 순간 '나'는 그 밝은 빛과 단절된 어두운 구석 안으로 다시 한번 자신을 걸어잠갔을지도 모른다.

어느 날 수민이 미노리와 테츠가 이혼했다는 사실을 대수롭지 않다는 듯 전해오면서, 그리고 미노리가 서울에 왔으니 만나자고 '나'에게 인스타그램 메시지를 보내오면서, 선명하다고 생각했던 빛과 어둠의 구획은 조금씩 흔들린다. 오랜만에 재회한 미노리가 알려준 사실은 이렇다. 그후로도 수민이 가끔 일본에 가서 두 사람을 만나곤 했다는 것, 그리고 그때마다 테츠가 처음 보는 표정을 보였다는 것, 물론 이성애적인 묘한 기류는 아니었지만 "무해하고 싱싱하게 꿈틀거리는 에너지" 였다는 것. 미노리는 자신과 마찬가지로 그런 에너지를 가지지 못한 '나'를 좋아하지 못했다고 고백하고, '나'는 그 말을 즉시 이해한다. 그리고 생각한다. "우리는 지구의 다른 한쪽을 떠받치고 있는 사람들"이라고.

미노리는 천천히 단어를 고르며 이야기를 계속했고, 언제부터인가 온전히 일본어로 말하기 시작했다. 무슨 말인지 하나도 몰랐지만, 무슨 말인지 다 알았다. 미노리는 이야기하고 있는 것이다. 빛이 환할수록 더 짙어지는 그림자에 관해. 임계점에 닿기도 전에 쉽게 무너져버리는 마음에 관해.(30~31쪽)

이 장면에서 미노리는 자신과 '나'가 "빛이 환할수록 더 짙어지는 그림자"에 불과하다는 사실을 암묵적으로 재확인하고 있는 것일까? 자신들은 환한 빛으로 가득찬 테츠와 수민의 세계를 그저 부러워하고 동경하고 받쳐주는 어둠의 세계를 담당하고 있다는 것을? 그래서 완벽해 보이는 커플이었던 미노리와 테츠는 끝내 헤어질 수밖에 없었고, 평생 단짝으로 지내왔던 '나'와 수민은 영원히 서로의 기분을 이해하지 못한 채 평행선을 달린다는 것을? 그럼으로써 이 소설에서 빛과 어둠의 분할선이 다시금 선명해지고 있는 것일까? ('나'는 미노리가 온전한 일본어로 말하기 시작했는데도 완전한 소통에 이르렀다는 기분마저 느낀다.) 여기에서 소설이 끝났더라면 그랬을지도 모른다. 그러나 마지막 장면에서 회사 동료의 부재중 전화를 뒤로하고 "반짝거리고 소란스러운 것들" 사이를 걸어가면서 '나'는 무언가가 흔들리고 있음을 직감한다. '나'를 언제나 어둠으로 규정하거나 재단해왔던 세계의 반대편으로, 낯설고 혼란스럽고 시끄럽고 예측되지 않는 거리를 향해, 천천히 걸어가면서. 어딘가에 속해 있지는 않지만 그렇다고 그것과 무관하지도 않은 어떤 경계 위에서, '나'는 빛과 어둠의 구획이 늘상 고정되어 있지는 않다는 것을, 언제든지 바뀌거나 흔들릴 수 있다는 것을 예감하고 있는지도 모른다.

캄캄한 시야

그러고 보면 새로운 곳을 향해 걸어가거나 어딘가로 여행을 떠나는 장면은 문진영의 소설에서 자주 등장하는 모티프다.[*]

「미노리와 테츠」가 수민과 함께 떠난 도쿄 여행에서 '나'가 일본인 부부 미노리와 테츠를 만나 자신이 속한 세계를 되돌아보는 이야기라면, 이 소설집에 실린 다른 소설들에서도 비슷한 패턴이 발견된다. 이를테면 「너무 늦지 않은 어떤 때」에서는 스물아홉 살에 훌쩍 떠난 인도 여행에서 안와라는 인도인을 만나면서 '지금 여기'에만 존재하는 아름다움에 대해 깨닫고, 「고래 사냥」에서는 대학생 시절 기숙사 룸메이트로 만난 친구와 월미도의 놀이동산에 놀러갔다가 삶 쪽으로 끌어당겨지고 싶다는 실감을 느끼며, 「네버랜드에서」는 결혼을 앞두고 태국으로 떠난 가족 여행에서 만난 론을 통해 자신이 진정으로 원하는 것이 무엇인지 성찰해보는 소설이다. 그러니까 문진영의 소설에서 낯선 장소란 그동안 익숙했던 스스로와 거리를 두면서 자신의 삶과 관계를 새롭게 발견하는 기회이다. 한곳에 붙박여 있는 것이 아니라 끊임없이 이동하면서 스스로를 깊이 들여다보는 계기이다.

「변산에서」도 그렇다. 십이 년을 근속한 성실한 직장인 '나'는 매일 밤 통화로 시시콜콜한 수다를 나눌 만큼 친한 친구 민

---

* 김화영은 문진영의 소설에서 인물들이 어떤 공간을 무작정 걸어다니는 산책이 그 공간을 기억, 몽상하는 창조적인 행위와 무관하지 않다고 짚어낸 바 있다. 김화영, 「방房, 그 원초적 중심으로 인도하는 몽상의 길」, 『2021 김승옥문학상 수상작품집』, 문학동네, 2021, 36~40쪽 참조.

주, 그리고 이제 갓 초등학생이 된 민주의 딸 수온과 함께 종종 여행을 다닌다. 지난해 말에는 민주가 차를 산 기념으로 속초로 떠나서 밤늦도록 술을 마셨고, 올해는 변산으로 여행을 떠나기로 한다. 굳이 변산이라는 지역을 선택한 이유는 '나'와 민주, 그리고 몇 해 전 세상을 떠난 민주의 남편 승민이 대학교를 졸업하던 무렵 함께 여행을 떠났던 곳이 변산이기 때문이다. 바다를 집어삼키는 노을을 오랫동안 바라보며 "서해가 이렇게 아름다웠나"라고 중얼거렸던 승민은 이제 이 세상에 없지만 그의 빈자리는 밝고 명랑하고 제법 웃기기도 한 수온이 든든하게 채우고 있다. 민주, 수온과 함께 오랜만에 변산을 여행하면서 '나'는 지난 몇 년 동안 자신과 가장 가까웠던 이들과의 시간을 차분하게 회상한다. 고등학교 시절부터 사귀었던 민주와 승민의 일화. 민주가 서울로 대학을 가면서 민주의 단칸방에서 둘이 동거하던 시절. 대학에 진학하지 않고 일식집 주방 보조로 일했던 승민이 홀어머니가 있는 고향으로 내려가 작은아버지가 계신 건설사에서 새로운 삶을 꾸려보려고 했던 시도. 그러나 예기치 못한 과로사로 세상을 떠난 승민. 이후 과로사를 산재로 인정받기 위해 모두 힘을 모아 일 년 넘게 피켓을 만들어 시위해야 했던 사정. 그러나 산재 인정을 받고 나서도 회사가 공단측에 소송을 걸어 보상금과 퇴직금을 지급받지 못하게 하자 삼 년 넘게 이어진 소송.

이 모든 비극적인 상황이 담담하고 차분하게 회상되는 와중에 중간중간 끼어드는 것은 수온과 어른들 사이의 장난스럽고 귀여운 대화다. '나'와 민주는 어린이인 수온 앞에서 어른들의 세계를 굳이 감추려고 하지 않고, 수온은 그렇게 보고 배운 어른들의 세계를 조숙하게 흉내내면서도 아이다운 천진함으로 웃음을 터뜨리게 한다. 변산으로 가는 길에 차 뒤쪽이 벽에 긁히고 주차가 한참 걸리자 수온은 주먹으로 가슴을 두드리면서 "속 터져서"라며 어른들의 제스처를 따라 하고, 일요일에는 할머니 따라 교회를 가야 해서 싫다고 투정 부리면서도 할머니가 싫은 것은 아니고 "근데 좀 피곤할 때가 있어"라고 진지하게 말하는 장면들이 그렇다. 그런데 제법 어른스러운 수온에게도 제대로 설명하지 못한 한 가지가 있다. 바로 점점 길어지는 승민의 산재 소송. 이 싸움에서 "우리가 착한 쪽이야?"라고 묻는 수온의 천진한 질문에 '나'는 망설임 끝에 그렇다고 말하지만, 실은 착한 것과 이기는 것은 아무 상관이 없으며 우리는 졌다는 진실까지는 끝내 말하지 못한다. 그러나 '나'는 수온에게 어른들의 어둠에 대해서 구구절절 설명하려고 시도하는 대신, 수온을 꼭 껴안고 가만히 마음을 들여다보는 쪽을 택한다.

민주는 수온과 함께 침대방을 쓰기로 했고 나는 작은 방에 이부자리를 폈다. 한참을 누워 있어도 잠이 오지 않았다. 눈이 서서히 어둠에 익숙해졌고, 아무것도 걸려 있지 않은, 사방의 텅 빈 벽들을 보며 생각했다. 누군가를 사랑하기 위해선 어둠 속에 자신을 내버려둘 용기가 필요한 게 아닐까. 너무 어두워서 도무지 아무것도 할 수 없을 것 같다가도, 시간을 견디면 결국에는 아주 느린 속도로 시야가 밝아지듯이. 캄캄한 마음을 가만히 들여다보는 일.(61쪽)

말하자면 이 소설도 자신이 어둠의 영역에 있다고 생각하는 사람의 이야기다. 다만 '나'는 어둠이란 단지 빛이 모조리 빼앗긴 상태에 처박혀 있는 것이 아니라는 것을 안다. 아무리 고난과 시련이 이어지더라도, 어둠 속에서 가만히 기다린다면, 서서히 그 속에서 빛이 밝아져온다는 것을 안다. "너무 어두워서 도무지 아무것도 할 수 없을 것 같다가도, 시간을 견디면 결국에는 아주 느린 속도로 시야가 밝아지듯이." 그러니까 애초에 빛과 어둠은 명확하게 구분될 수 없다. 빛 속에는 언제나 어둠이 스며 있고, 반대로 어둠 속에도 항상 빛이 깃들어 있다. 시간이 흐르면 어떠한 빛과 어둠도 저절로 섞이고 만다. 캄캄한 마음이 조금씩 밝아지기 위해서 필요한 것은 그저 시간을 견디는 일이라는 것을, 어둠에 익숙해지면 시야는 저절로 밝아진다는 것을, 그러는 동안 우리는 다행히도 바로 곁의 사랑하는 사람을 꼭 껴안을 수 있다는 것을, 그렇게 기다리는 것이야말로 사랑의 방식임을 '나'는 안다.

빛의 잔해

「한낮의 빛」에서는 빛과 어둠이 한층 철학적인 메타포가 되는데, 왜냐하면 화자가 미술 전공자이기 때문이다. 대학 시절부터 "전시장 지킴이, 도슨트, 티켓 발권, 아트숍 관리, 자잘한 서류 업무까지 전시와 관련해서 할 수 있는 거의 모든 일을 경험"해본 미술사 전공 대학원생인 '나'는 방학을 틈타 어느 전시의 관리, 조율 업무를 맡고 있다. 같은 전시에서 일하는 아르바이트생 주명이 느닷없이 술 한잔을 청하면서 "언니라도 불러도 돼요?"라며 살갑게 다가오지만 '나'는 어쩐지 알 수 없는 거리감을 느낀다. 언니의 목소리에는 왠지 모르게 귀를 기울이게 하는 힘이 있다는 칭찬에도 처음 들어보는 얘기라고 생각하며 어색해할 뿐이다. 이 생기 있는 여덟 살 연하의 여자아이가 이토록 신경 쓰이면서도 섣불리 가까워지지 못하는 것은 왜일까. 소설 뒷부분에 희미하게 밝혀지는 이유를 당겨 말하자면, 주명이라는 이름을 듣고 '나'는 무의식 중에 '한낮의 빛晝明'이라는 뜻을 떠올렸기 때문이다. 기억나지 않는 척했지만 실은 주명의 이름을 머릿속에 외우고 있었던 이유도 바로 그 때문이었다. 앞 소설의 화자들이 그랬듯 스스로 빛보다는 어둠에 어울린다고 생각하는 사람들은 빛이라는 단어에 민감하게 반응할 수밖에 없을 것이다.

'나'가 주명의 살가움 앞에서 주저했던 이유가 한 가지 더 있다면, 그것은 바로 '언니'라는 단어가 유영 언니라는 아픈 기억을 떠올리게 하기 때문이다. 부모님들 사이의 친분으로 어릴 때부터 가까웠던 유영 언니는 아버지 사업이 호황이던 시절에는 부유하게 지냈으나 갑작스러운 IMF 이후에 반년간 '나'의 가족들과 지내게 된다. 그러나 친오빠가 유영 언니에게 저지른 성추행을 목격한 '나'가 이 사건을 부모님과 단짝 친구에게 말하는 바람에 널리 소문이 퍼지게 되고 격렬한 풍파를 거쳐 유영 언니는 결국 미국으로 떠나게 된다. 이로 인해 '나'는 스스로를 용서하지 못하고 오랫동안 선택적 함구증을 겪을 만큼 죄책감에 시달린다. 축축하게 우거진 죄책감의 그늘 속에서 이십여 년을 보낸 '나'는 스스로를 어둠에 익숙한 사람이라고 생각하지 않을 도리가 없었을 것이다. 그래서 이름부터 사소한 행동, 풍기는 분위기까지 환한 빛을 상기시키는 주명에게 부담을 느낄 수밖에 없었을 것이다. 서로에 대한 호기심과 호감만으로는 좀처럼 섞일 수도 스며들 수도 없을 것 같은 어둠과 빛. 그러나 잠이 오지 않는 어느 밤 "언니. 잠이 안 와요"라며 여느 때처럼 스스럼없이 연락해온 주명의 메시지에 '나'는 어쩌면 어둠과 빛의 개념이 한데 엉켜 있는지도 모른다는 막막함을 느낀다.

검고 두꺼운 암막 커튼을 쳤는데도 이 방안은 왜 이렇게 어둡지 않을까. 눈을 감고 안대를 썼는데도 왜 어떤 잔상이 망막에 매달려 떨어지지 않는 걸까. 묻고 싶었다. 우리가 잠들 수 없는 것은 그래서일까. 우리가 우리에게서 빛의 기미를 완전히 떼어놓을 수 없기 때문에.

자리에 누운 채 어슴푸레한 사물의 윤곽을 눈으로 더듬는 동안, 어디선가 읽었던 니체의 말이 머릿속에 떠올랐다.

'한낮의 빛이 어둠의 깊이를 어찌 알겠는가.'

그러나 밤의 어둠도 한낮의 빛을 알지 못한다.(253~254쪽)

한낮의 빛이 밤의 어둠을 모르듯이, 밤의 어둠도 한낮의 빛을 알지 못한다. 니체의 격언을 빌리고 또 뒤집어보면서, '나'는 낮과 밤, 빛과 어둠이 서로를 온전히 알아차리지 못할지라도 서로 맞물려 있음을 어렴풋이 느낀다. 캄캄한 밤, 검은 암막 커튼을 치고 안대 속에서 아무리 눈을 꼭 감아봐도 망막에 빛의 기미가 매달려 있는 것처럼. 반대로 환한 대낮, 뜨겁게 내리쬐는 태양볕 아래에 아무리 서 있더라도 검은 그림자는 생기기 마련인 것처럼. 서로 "완전히 떼어놓을 수 없"는 빛과 어둠에 대해서 '나'는 이제 새로운 인식를 가져야 할 때인지도 모른다. 그제야 '나'는 스물다섯 살에 혼자 떠난 유럽 여행에서 보았던, 어느 현대 미술관에 걸려 있던 여성 화가의 그림 〈이중 자화상〉이 그동안 자신에게 왜 그렇게 중요했었는지 알아차리게 되었을 것이다. "마치 하나의 뿌리에서 자라난 듯한 두 개의 몸통"이 울렁이는 윤곽선의 누드로 표현된 작품. 앞뒤를 구분하기 어려울 정도로 중첩되어 있어서 한 몸이 다른 몸의 물그림자 혹은 거울처럼 보이는 자화상. 그러니까 둘인 줄 알았지만 하나인 것. 다른 몸처럼 보이지만 한몸에서 비롯된 것. 수많은 겹들이 이미 섞여 있는 것. 그러니까 빛이면서 어둠인 것. 그리고 어둠이면서 빛인 것. '나'에게 다가올 때는 구김살 없는 햇빛 같았지만, 전시장에서 엘로이즈의 그림을 보고 있을 때만큼은 그늘진 옆얼굴을 보였던 주명을 떠올리는 것도 그때다. 어쩌면 주명도 '나'처럼 엘로이즈가 말년의 인터뷰에서 했던 말을 알고 있었을까.

'나는 쏟아지는 한낮의 햇볕 아래서 아찔한 평온을 느낍니다. 피부 전체가 바늘로 찌르는 것처럼 따갑고, 빛은 마치 그 구멍들을 통해 나를 관통하는 것 같습니다. 물론 빛은 나를 통과하지 않았습니다. 나를 닮은 그림자가 여기 있기 때문입니다.

하지만 내게 그 그림자는 내 몸만한 어둠이 아니라 빛의 잔해처럼 보입니다. 나는 그것을 그리고 있습니다.'(256쪽)

한낮의 뜨거운 햇볕은 내 몸을 통과하지는 않지만 언제나 내 몸만한 그림자를 만들어낸다는 것. 그래서 햇볕이 만들어내는 그림자는 단지 캄캄한 어둠에 불과한 것이 아니라 차라리 "빛의 잔해"에 가깝다는 것. 여기에서 빛과 어둠의 이분법적인 경계는 다시 한번 희미해진다. 「미노리와 테츠」라는 훌륭한 소설이 우리에게 알려주었듯 빛이 환할수록 그림자는 더 짙어진다. 그러나 그것은 환한 빛을 더 밝게 비추기 위해서도, 한쪽이 드러나기 위해서는 다른 한쪽이 그것을 떠받쳐야 하기 때문도 아니다. 아름답게 발하는 빛과 깜깜하게 뒤덮인 어둠은 원래 한 몸이기 때문이다. 서로가 없으면 성립되지 않는 상대적인 개념이자 애초에 뒤섞여 있어서 분리할 수 없는 하나의 세계이기 때문이다. 그래서 우리의 삶이란 빛 또는 어둠 중 하나에 귀속되는 것이 아니라 끊임없이 유동하는 빛과 어둠을 동시에 받아들이면서 그림자로서의 빛의 잔해를 다루는 것이다. 마치 엘로이즈가 뜨거운 햇볕 아래에서 자신의 그림자를 그렸듯. 문진영 소설의 인물들은 최소한 이 사실을 거듭 곱씹으면서 무한하게 부서지는 빛의 잔해를 끈질기게 이해하고 바라본다. 이것이 문진영의 소설이 말하는 '최소한의 최선'일 것이다.

작가의 말

첫번째 소설집을 엮기까지 십 년이 걸렸다. '공백기'라고 부를 만한 그 시간은 실은 비어 있지 않고 꽉 차 있다. 무엇으로? 사라진 것들로. 혹은 사라진 것들이 남긴 흔적으로.

썼다 지운 수많은 문장들. 시작조차 못하고 잊힌 아이디어들과 결국 끝내지 못한 첫머리들. 어렴풋이 모양을 띠었다가 흩어진 이야기들. 어제의 절망은 오늘의 열망으로 대체되었고, 다시 내일의 체념으로 대체되었다. 고군분투가 있었고, 환희도 있었지만, 결국에는 사라졌다.

'공백기'에 내가 배운 것은 있음과 없음 사이를 견디는 태도인지도 모르겠다. 그저 한때 내게 도착한 것들을 맞아들이고 놓아주기. 평정을 지키거나 무감하지 못한 채로, 있는 힘껏 갈

팡질팡한 후에 그게 나의 최선이었어, 라고 말해주기.

지난 삼 년간 쓴 소설들을 한 권의 책으로 엮는 이 과정은 내가 구태여 붙잡았던 것들을 다시 풀어주는 일 같다. 이제 다시 텅 비어서, 남은 흔적들의 무늬를 베껴 써야지. 그렇게 생각하는 지금 이 순간이 내게는 아주 최선으로 느껴진다.

2023년 가을
문진영

| 수록 작품 발표 지면 |

미노리와 테츠 …… 『창작과비평』 2021년 봄호

변산에서 …… 『현대문학』 2022년 1월호

오! 상그리아 …… 『실천문학』 2022년 봄호

내 할머니의 모든 것 …… 『문학동네』 2022년 여름호

너무 늦지 않은 어떤 때 …… 『쓺』 2022년 상권

고래 사냥 …… 웹진 믿미 2022년 봄호

네버랜드에서 …… 『문학수첩』 2022년 상반기호

지나가는 바람 …… 『현대문학』 2023년 6월호

한낮의 빛 …… 『에픽』 #09(2022.10)

문학동네 소설집
최소한의 최선
ⓒ 문진영 2023

1판 1쇄 2023년 10월 25일
1판 2쇄 2023년 11월 6일

지은이 문진영
책임편집 이재현 | **편집** 이민희 강윤정
디자인 강혜림 최미영 | **저작권** 박지영 형소진 최은진 서연주 오서영
마케팅 정민호 서지화 한민아 이민경 안남영 왕지경 황승현 김혜원 김하연 김예진
브랜딩 함유지 함근아 고보미 박민재 김희숙 박다솔 조다현 정승민 배진성
제작 강신은 김동욱 이순호 | **제작처** 한영문화사

펴낸곳 (주)문학동네 | **펴낸이** 김소영
출판등록 1993년 10월 22일 제2003-000045호
주소 10881 경기도 파주시 회동길 210
전자우편 editor@munhak.com | **대표전화** 031) 955-8888 | **팩스** 031) 955-8855
문의전화 031) 955-3576(마케팅) 031) 955-1920(편집)
문학동네카페 http://cafe.naver.com/mhdn
인스타그램 @munhakdongne | **트위터** @munhakdongne
북클럽문학동네 http://bookclubmunhak.com

ISBN 978-89-546-9519-0 03810

* 이 책은 서울특별시, 서울문화재단 '2023년 창작집 발간 지원사업'의 지원을 받아 발간되었습니다.
* 이 책의 판권은 지은이와 문학동네에 있습니다.
  이 책 내용의 전부 또는 일부를 재사용하려면 반드시 양측의 서면 동의를 받아야 합니다.

잘못된 책은 구입하신 서점에서 교환해드립니다.
기타 교환 문의 031) 955-2661, 3580

www.munhak.com